KB105388

グアテマラの弟（片桐はいり著）

GUATEMARA NO OTOUTO

Copyright©KATAGIRI HAIRI, 2007
Korean Translation copyright©Hugo, 2017
All rights reserved.

Original Japanese edition published by Gentosha, Inc., Tokyo, Japan
Korean edition is published by arrangement with Gentosha, Inc.
through Discover 21 Inc., Tokyo and BC Agency, Seoul.

대체로
기분이
좋습니다

참으로 과테말라다운 행복에 관하여

가타기리 하이리 • 이소담 옮김

유고

차례

칫솔을
바꿀
타이밍

칫솔을 바꿀 타이밍을 모르겠다. 새 칫솔을 꺼내 신선함을 맛보는 기간은 너무 짧다. 뾰족한 칫솔모 끝이 잇새로 완벽하게 파고들어 양치질하는 시간이 즐거운 것은 고작 일주일 정도이고, 그다음부터는 특별한 감동이라곤 없는 아침과 밤의 행사일 뿐이다.

그렇다고 가스레인지나 욕실 타일의 줄눈을 청소할 때처럼 안간힘을 다해 닦는 건 아니니까 칫솔이 그리 빨리 닳지는 않는다. 색이 변하고 칫솔모 끝이 제멋대로 뻗쳐서 딱 보기에도 '이제 성불했습니다' 하는 것 같으면 나도 후다닥 새 칫솔을 사러 나갈 수 있다. 그런데 다행인지 불행인지, 요즘 칫솔은 그리 쉽게 약한 소리를 하지 않는다.

미신을 그다지 믿지 않지만, 나에게도 소소한 징크스나 개인적인 습관이 조금은 있다. 무대 공연 첫날에는 새하얀 바지를 입는다거나, 내가 나갈 차례에는 특정한 기도문을 외운다거나, 이런 사소한 의식이다. 재능보다 운에 좌우되는 배우라는 직업상 아무래도 미신에 매달리고 정체 모를 신에게 의지하는 사람이 많은데, 나는 비교적 소심한 수준이다. 길을 가다가 영구차를 보면 남들 눈에 안 띄게 주머니에 손을 넣고 살짝 엄지를 쥔다. 누가 길가의 개똥을 밟는 광경을 보면 양손 중지를 검지에 겹친다. 어려서부터 몸에 익은 이런 조건반사적인 습관 말고도 내게는 출처도 모르고 그만두지도 못하는 습관이 두 개 있다.

지우개를 새로 꺼낼 때는 지우개에 대고 인사해야 한다.

어렸을 때, 새 지우개가 생겼다 하면 아직 별로 닳지도 않은 헌 지우개를 내던지고 새로 산 지우개를 친구들에게 자랑했다. 나는 그럴 때마다 새 지우개에 대고 예의 바르게 고개 숙여 인사했다. 언제, 어떻게, 어떤 이유로 이런 습관이 시작됐는지는 기억하지 못한다.

요즘은 수십 년 넘게 새 지우개를 산 일이 없고, 사방에 지우개 가루를 날리며 연필로 쓴 글자를 지울 기회도 부쩍 줄었다. 그래도 가끔 샤프로 글을 쓰다가 틀리면 끝에 달린 작은 지우개를 써야 할 때가 있다. 그럴 때, 지금도 나는 의리 두텁게 지우개에 고개를 숙인다. 단, 주변 사람에게 들키지 않을 속도로. 누가 그렇게 하라고 한 것도 아니고 내가 정한 의식이니까 언제든 그만두어도 좋은데, 이것만큼은 도저히 그냥 넘어가지 못하겠다. 그리고 또 하나는, 바로 칫솔을 교체하는 시기다.

남동생에게서 연락이 오기 전까지 칫솔을 바꾸면 안 된다.

동생은 대학교에 다닐 때, 여름방학을 이용해 멕시코부터 시작해 남미를 방랑하며 중미의 어느 마을에서 지내곤 했다. 그렇게 종종 여행을 다니면서 대학을 졸업했고 어쩌다 보니 대학원까지 졸업했는데, 결국 여행 도중에 발견한 자기가 머물 곳으로 돌아가버렸다. 그렇게 해서 인생의 절반 이상을 중미의 과테말라공화국이라는 작은 나라에서 살고 있다.

연년생인 누나와 남동생이란 참 불편한 관계여서, 중학교에 입학할 즈음부터 남동생과는 싸움조차 안 될 정도로 사이가 최악이었다. 같은 집에 살면서 말 한마디 나누지 않고 눈도 마주치지 않고 서로 흥미도 느끼지 않는 관계인 것에 별다른 위화감도 없었다. 그래서 동생이 어떤 경위로 여행을 떠났고 집을 떠났으며 나라를 떠나기에 이르렀는지 알 방도가 없다.

동생이 친구와 통화하면서 "비행기가 나리타를 떠나는 순간에 느끼는 해방감이 죽여줘"라고 말하는 것을 듣고, 저 녀석은 일본이라는 이 나라와 절대로 맞지 않겠다고 거리감을 느꼈을 정도였다.

동생은 무엇에서 해방되고 싶었을까. 동생이 가고자 한 그곳에 어떤 행복이 기다리고 있었을까. 사이가 나쁜 누나는 당시 그런 생각도 하지 않았다.

연락처만 남기고 동생이 사라진 뒤에도 나는 동생의 부재를 아예 신경 쓰지 않았다. 관계가 거북한 동거인이 사라진 덕분에 나 역시 조금은 해방감을 느꼈다.

부모님이야 당연히 최소한 살아 있는지, 건강하게 지내는지 알고 싶다고 때때로 말씀하셨다. 연락처로 남긴 스페인어 학교에 국제전화를 걸어도 받는 사람은 무슨 소리인지 못 알아듣겠는 스페인어만 한다. 그 관문을 클리어하지 못하면 당사자에게 도달하지 못한다. 편지를 보내도 과테말라의 우편 사정이 최악이어서 제대로 도착이나 한 건지 알 수가 없다.

"그냥 애초에 없는 애라고 생각하면 되잖아."

적적해하는 부모님을 이렇게 달랬다. 박정한 누나다.

박정한 누나에게도 사정은 있었다.

당시 나는 또 나대로, 내가 머물 곳을 간신히 발견해 거기에 푹 빠져 있었다. 십대 끝자락에 묘한 인연으로 극단에 들어가 연극을 만났다. 내가 무대에 서기만 해도 웃음이 터졌다. 내게 사람들의 웃음을 만들어내는 능력이 있다는 사실을 깨닫자 새로운 세상이 열렸다. 얼마 지나지 않아 바라지도 않았는데 텔레비전 광고 제안이 들어와 그때까지 부담스럽기만 했던 못생기고 각진 얼굴이 웃음뿐만 아니라 돈도 그럭저럭 만들어낸다는 사실을 알았다. 먼지를 뒤집어쓴 잡동사니가 알고 보니 조그만 보석이었음을 발견한 행복이었다. 일이 계속해서 들어오다 보니 가족 중 하나가 소식이 끊어졌다고 걱정할 여유가 없었다.

동생은 몇 년에 한 번, 가뭄에 콩 나듯이 전화를 걸곤 했다. 지금과 달리 그때는 국제전화에서 상대의 말소리가 들리기까지 시간이 꽤 걸렸다. 대화가 맞물리지 않으니 그 옛날의

위성중계 수준으로 의사소통이 어려웠다. 물론 거의 집을 비우는 내가 마침 그 순간에 같이 있던 적은 드물었는데, 부모님은 어쨌든 동생의 안부만큼은 확인해서 조금 기뻐했다. 동생에게서 전화가 온 날 저녁에는 꼭 동생이 좋아하는 반찬이 나왔다.

서른 살에 접어들 무렵, 나는 약 10년간 활동해온 극단을 그만두었다. 내가 원해서 그러긴 했어도 돌아갈 곳이 사라져 마음이 참 스산했다.

그러던 어느 날, 알 수 없는 전파로부터 명령이라도 받은 것처럼 갑자기 동생을 찾으러 과테말라에 가야겠다는 생각이 들었다. 벌벌 떨면서 국제전화를 걸었다. 수화기 너머로 꼬부랑 스페인어가 들리자, 무조건 동생의 이름을 연호했다. 당시 나는 스페인어는 물론이고 영어도 할 줄 몰라서 이름 말고는 통할 단어를 몰랐다. 몇 번이나 도전한 끝에 그쪽에서 일본어로 대응을 해주어 마침내 수화기 너머로 본인이 나타났다. 나는 어려서부터 십몇 년이나 말을 나누지 않은 동생과 어른이 되어 처음으로, 태평양을 사이에 두고 대화를 나눴다.

"그럼 팩스를 좀 가지고 와주면 좋겠는데."

과테말라를 방문하겠다는 결의를 전하자, 동생은 어렸을 때와 똑같이 무뚝뚝한 말투로 그렇게 대꾸했다. 오랜 세월 소식도 모르고 살았는데 너무 당돌하고 또 말도 안 되게 짐이 무거운 의뢰였다. 내 결의도 뜬금없었지만 동생도 절대 뒤지지 않았다.

그리하여 나는 당시의 거대한 팩스 상자를 양팔에 안고, 아마도 동생이 그리워할 일본 음식을 터질 듯이 채워 넣은 배낭을 메고, 태어나서 처음으로 혼자 바다를 건넜다. 1993년 가을이었다.

안티과는 수도 과테말라시티에서 약 1시간 거리, 표고 1,500미터 고지에 있는 아름다운 마을이다. 낡은 돌바닥과 콜로니얼 양식(식민지풍)의 집들, 교회와 수도원 유적이 있고, 마을 전체가 세계유산으로 등록된 경관 보호지역이다. 멕시코를 시작점으로 삼아 중미, 남미 방면을 육로로 내려가는 여행자들은 비교적 안전한 이 마을에서 간단한 스페인어를 배워 간다. 그래서 배낭여행자가 모이는 곳이기도 하다.

동생도 한때 그 루트로 이 마을을 찾아와 스페인어 학교에 다녔고, 몇 번인가 더 오가다가 그대로 눌러살게 되었다. 그 스페인어 학교에. 당시 스페인어를 가르쳐준 여자 선생님과 함께.

그 선생님은 라티노, 즉 백인과 선주민 혼혈 과테말라인으로, 이 학교의 교장이었다. 자택에서 학교를 열어 스페인어를 가르쳤는데, 남동생은 그 집에서 생활하면서 학교 운영도 도맡아 하는 것 같았다.

동생보다 나이도 많고 몸집도 큰 부인 뒤로 어린아이까지 뛰어다니고 있어서 깜짝 놀랐다. 머리는 까맣고 얼굴 생김새가 진하고 오동통한 사내아이는 아무리 뜯어보아도 일본 피는 섞이지 않았다. 과테말라인 부인의 자식이었다.

나는 막 설치한 팩스로 과테말라에서 동생이 어떻게 살고 있는지 상세하게 리포트를 써서 일본에 계신 부모님께 보냈다. 집 구석구석 사진을 찍고, 스페인어 학교에서 일하는 모습이나 부엌에서 설거지하는 아내를 돕는 동생의 모습도 몰래 찍었다. 동생은 복잡한 표정을 지으며 나를 스파이라고 불렀다.

열흘 동안의 질풍과도 같은 과테말라 방문 마지막 날, 나는 부모님께 "동생을 지금 일본으로 데려가도 여기에서 지내는 것보다 더 행복해질 가능성은 전혀 없겠어요"라고 보고했다.

팩스 도입과 마치 견당사° 같은 내 최초의 심부름 결과,

일본과 과테말라의 거리는 비약적으로 가까워질 것이다. 이제 동생은 가끔 팩스로 어떻게 지내는지 간략하게 보고하겠지. 앞으로는 무서운 스페인어 공격 없이 종이에 용건을 써서 보낼 수 있다.

그럴 줄 알았는데, 그 후에도 우리는 그리 자주 팩스를 보내지 않았다. 사람이란 언제든 연락할 수 있다고 생각하면 오히려 깜깜무소식이 된다. 이메일과 달리 손으로 쓰는 팩스는 편지와 별반 다르지 않게 장벽이 높았다.

이 무렵부터 어쩌다 보니, 정말 어쩌다 보니 내 칫솔 습관이 시작되었다. 별다른 의도 없이 시작한 의식인데, 이게 그럭저럭 괜찮은 계기가 되었다. 십대 때의 험악한 관계에서는 벗어났지만 도쿄에서 분주하게 살다 보니 동생을 떠올릴 기회는 여전히 좀처럼 없었다. 그런데 이 의식 덕분에 칫솔이 낡을 무렵이면 자연히 동생 생각이 났다.

모가 엉망이 된 칫솔을 보며 빨리 팩스가 왔으면 좋겠다고 생각했다. 그 무렵에는 나도 부모님 곁을 떠나 혼자 살고 있었는데, 과테말라에서 팩스가 왔다는 연락이 오면 아주 기뻤다. 이제 오늘부터 정정당당하게 새 칫솔을 쓸 수 있으니까.

ㅇ 나라·헤이안 시대 초기 일본에서 당나라에 파견하던 사신.

나는 대기 중이던 새 칫솔로 그야말로 상쾌하게 이를 닦았다. 반년에 한 번이나 두 번 있는 기분 좋은 의식이었다.

팩스가 가져온 것은 실제로 주고받은 종이의 양보다 훨씬 많았다. 부모님도 동생의 생활을 서서히 이해하고 친척들 사이에도 커피콩 이름과 비슷한 나라의 사람이 가족 구성원으로 추가되었다는 인식이 침투했을 무렵, 동생이 처음으로 식구들을 데리고 일본에 왔다. 그들은 이후 두 번쯤 함께 일본에 왔고, 그때마다 아키하바라에서 새로운 통신기기를 마련해서 돌아갔다.

윈도 95 시절에 동생은 컴퓨터로 스페인어 학교 관리를 시작했다. 나로 말하자면, 마침 외국에서 일할 기회가 늘어 세계 여기저기에서 사는 친구들과 교신할 방법을 찾기 시작한 시기였다. 특히 어디에 가더라도 노트북을 옆구리에 끼고 다니는 싱가포르 친구들은 자꾸만 내게 메일 주소를 물었다.

윈도 98 시대가 되어 나도 드디어 컴퓨터 생활에 데뷔했다. 서툰 영어로 국제전화를 하는 것보다 사전을 뒤적이며 메일을 쓰는 편이 더 확실하게 의사를 전달할 수 있었다. 전파만 통하면 세계 어디와도 실시간으로 연락을 주고받을 수 있다. 시차를 따질 필요도 없다. 막상 시작해보니 이 통신 방법은 내게 그야말로 안성맞춤이고 오싹할 정도로 편리했다.

과테말라와도 당연히 인터넷으로 연결되었다. 남동생과 주고받는 메일은 주로 가족 이야기와 외국 여행 이야기다. 과테말라의 일본 대사관으로 통하는 동생의 집에는 당연히 스페인어를 배우러 수많은 여행자가 들락거렸고, 전 세계의 여행 정보도 모여들었다.

여행 이야기는 끝날 줄 몰랐다. 공통의 이야깃거리가 생기자 거리는 더욱 줄어들었다. 이 무렵부터 나는 색색의 칫솔을 그다지 사용하지 않게 되었다.

아버지가 나이를 드시면서 상태가 안 좋아지기 시작하자 동생은 혼자 자주 일본에 왔고, 올 때마다 우리 집 IT 설비를 업그레이드했다. 그때까지 컴퓨터 통신 기능이 달린 워드프로세서를 사용해 손가락 하나로 메일을 쓰던 아버지도 드디어 윈도 XP를 탑재한 컴퓨터를 쓰게 되었다. 기계와 절대 친하지 않은 옛날 사람인 부모님을 위해 동생은 과테말라에서 원격으로 컴퓨터를 조작했다. 동생은 매일 일기라도 쓰듯이 메일을 보내기 시작했다.

그리고 몇 년 전, 마침내 완전 무료 IP 전화 통신시스템이 들어와 과테말라의 동생 집과 부모님 댁, 그리고 같은 마을 안에 있는 우리 집은 컴퓨터를 켜기만 하면 언제든, 몇 시간이든 무료로 대화할 수 있게 되었다.

자기 집 컴퓨터 앞에 앉아 종일 일하는 남동생은 매일 정해진 시각에 부모님 댁에 연락했다. 이십대에 저지른 불효를 만회하려는 생각이었을까. 아니면 가족을 무엇보다 중요하게 여기는 그들 나라의 풍습일까. 아버지는 곤란한 얼굴을 하며 그렇게 날마다 할 얘기는 없다면서 웃었다.

동생과 반대로, 바깥으로 돌아다니며 불규칙한 생활을 하는 나는 부모님 댁과 겨우 3분 거리에 사는데도 그 3분이 바다 끝처럼 멀 때가 있다. 부모님께 꽤 오래 소식을 전하지 못하면, 요즘은 지구 반대편의 동생에게 연락해서 부모님이 어떻게 지내시는지 물어보곤 한다.

지금은 컴퓨터를 노크하면 마치 옆방에 있는 것처럼 "무슨 일이야?" 하고 동생이 나타난다. 시시껄렁한 잡담을 의미 없이 나눈다. 같은 집에 살 때는 입도 벙긋 안 했는데 말이다. 이제 나는 칫솔을 대체 언제 바꾸면 좋을지 도무지 모르겠다.

조심하세요, 조심하세요,
그래도
마음껏 즐기고 오세요

늘 소용돌이에 휩쓸리듯이 여행에 나선다. 차근차근 계획을 세워 바라던 곳에 간 적은 단 한 번도 없다.

1년 내내 쉴 틈 없이 일하면서 간절히 기다리던 짧은 여름 휴가가 이제 곧 손에 닿을 무렵, 내 컴퓨터에 유난히 반짝반짝 빛나는 메일이 날아왔다. 한 달 일정으로 이란에 귀향하는 친구 부부가 같이 갈 수 있다면 이란을 안내해주겠다며 멋진 여행을 제안했다.

아직 가본 적 없는 이슬람 나라, 지붕이 양파처럼 생긴 모스크. 올리브 숲을 지나 페르세폴리스로! "카스피해에서 헤엄을 치고 캐비어 덮밥을 먹읍시다!" 친구의 경이로운 권유에 나는 군침을 흘리며 황홀경에 빠졌다.

그러나 이란 여행을 떠나기에 내 휴가는 너무 짧았다. 여름휴가라고는 해도 한 달 동안 일이 드문드문 있었고, 무엇보다 중간에 딱 자리 잡은 일이 방해였다. 게다가 출발 예정일은 겨우 2주 후였다. 이란과 이라크의 차이도 모르는 어머니에게 이 여행을 이해시킬 시간이 부족했다. 마지막 철자로 하늘과 땅처럼 차이가 난다.

어머니 얘기까지 할 것도 없다. 예전에 나도 이 이란 친구에게 화면에 나와 연설하는 사담 후세인을 가리키며 "이 사람이 무슨 말을 하는지 알아요?"라고 묻고 말았다. 현명한 그는 부드럽게 웃으며 잠깐 사이를 두고, "하이리 씨는 김정일이 하는 말을 알아들어요?"라고 되물었다.

지금 생각해보면 소름이 돋을 실언인데, 그 경험 덕분에 나는 외국에서 "중국인!"이라고 불려도 헤실헤실 웃을 수 있게 됐다.

일단 여행 욕구에 불이 붙으면 여간해서는 식지 않는다. 눈물을 삼키며 이란행은 포기했지만 멀리 떠나고 싶은 타고난 병은 날이 갈수록 깊어져만 갔다. 이란 여행에 미련이 남는다고 말하는 내게 남동생은 IP 전화 너머로 나 못지않은 꿈을 말했다.

"이란도 좋지만 어머니가 못 걷게 되기 전에 한 번은 여기로 모시고 와."

어머니는 나이를 드시면서 다리를 쓰지 못하게 되었다. 걸을 수 있는 거리가 점점 짧아졌다. 용수철이 완전히 끊어지기 전에 자기가 사는 곳을 보여드리고 싶다, 남동생은 전부터 종종 그런 말을 했다. 그러나 어머니는 예전부터 집에서 나가는 것을 아주 싫어해서, 근처 메밀국숫집에 모시고 가는 것도 고생스러울 정도로 외출이라면 질색을 하는 분이다. 그래도 동생은 그런 어머니를 능숙하게 구워삶아서 작년에 귀국했을 때 여권을 슬쩍 만들어두었다.

과테말라는 이란보다 더 멀다. 직행으로 가지 못한다. 여기에서 가려면 환승 시간을 포함해 꼬박 하루, 돌아올 때는 미국이나 멕시코 근처에서 하룻밤 머무르고 비행기를 갈아타야 한다. 홋카이도에 갈 때도 비행기를 타기 싫다고 하는 어머니를 어떻게 땅끝이나 마찬가지인 과테말라까지 모시고 가라는 것인가. 게다가 지금 어머니의 다리로는 동네 슈퍼도 충분히 세계의 끝이다. 나는 동생의 제안에 대충 장단을 맞추며 "갈 수 있으면 좋겠네"라고, 뜬구름 잡는 대답을 해두었다.

솔직히 과테말라에는 두 번 다시 갈 일이 없을 줄 알았다. 13년 전에 죽을 각오로 방문한 안티과는 아름다운 곳이었다. 멋지고 한적하고 음식도 맛있다. 그러나 좀처럼 드문 기회를 잡아 여행을 한다면 역시 본 적 없는 경치를 만나고 싶다. 게다가 최근 몇 년, 나는 남동생과 질릴 만큼 얼굴을 마주했다.

약 4년 전, 감기 한 번 걸리지 않았던 아버지가 갑자기 암 선고를 받았다. 그때부터 나는 한 동네에서, 동생은 바다 건너에서 컴퓨터를 통해 아버지를 돌보았다. 운 좋게도 시차로 밤낮이 완전히 반대여서, 낮이나 밤이나 둘 중 하나가 반드시 깨어 있었다. 우리는 매일 아침과 밤에 연락을 주고받으며 오늘의 보고와 내일의 대책을 상의했다. 심지어 무대 공연 때문에 오사카로 떠나 있던 나보다 남동생이 먼저 날아와서 상태가 급변한 아버지를 병원에 모시고 갔을 정도다.

그 후, 아버지가 돌아가시기까지 반년 동안 나는 정해진 무대 이외의 일을 쉬고 간호에 전념했다. 그 지경에 이르러서도 병원 식사로는 부족하다고 식욕을 보이는 아버지를 위해 매일 아침, 점심, 저녁 세끼 반찬을 조달했다. 내가 무대 공연 때문에 도저히 병원에 있을 수 없을 때만큼은 동생이 두 번이나 왕복 사흘은 걸리는 거리를 날아와서 어머니와 교대로 밥을 나르고 잠옷을 갈아입혔다.

세 번째로 남동생을 호출했을 때, 식욕이 그렇게 왕성했던 아버지가 이제는 물을 넘기지 못했다. 그래도 동생이 태평양을 건너는 동안, 이 생명력이 질긴 분은 죽는 것보다도 버티기 힘들었을 못 먹고 못 마시는 상태를 견뎠다. 그동안 나는 작은 스펀지를 물에 적셔 아버지의 입을 계속 닦아주었고, 동생이 나리타에서 병실로 뛰어 들어오고 딱 30분 후에 아버지는 "후우" 하고 마치 안도의 한숨 같은 마지막 숨을 내쉬고 차가워졌다.

어머니는 너무 당황해서 때에 맞추지 못했고, 힘들게 날아온 동생도 하필 그 순간에 화장실에 갔다. 결국 아버지의 마지막 숨을 들은 것은 나 혼자였다. 전원 B형 가족다운, 참 종잡을 수 없는 임종 장면이었다.

아무튼 나와 동생은 최근 몇 년, 특히 2년간은 서로 질릴 정도로 같이 있었다. 한마디도 나누지 않은 십몇 년을 다 채우고도 남을 정도로.

무엇보다 컴퓨터 덕분에 늘 눈앞에 있는 사람을 일부러 바다를 건너서까지 만나러 갈 이유가 없다. 어지간한 일이 없는 한, 내가 과테말라를 방문할 일은 없을 것이다.

그런데 예상하지 못한 사건이 벌어졌다. 여름휴가 기간 중간에 버티고 있어 내 여행 욕구를 막았던 예정된 일정이 갑자기 연기되었다. 이로써 띄엄띄엄했던 여름휴가가 순식간에 최고 20일까지 늘어났다.

나는 조심스럽게 어머니에게 동생이 과테말라에 오라고 권유했다고 말했다. 아버지가 돌아가시고 구들장 귀신 기질이 더욱 강해진 어머니이니 어디가 되었든 외국으로 가겠다고 말할 리가 없다. 그러면 나는 기쁘게 이란으로 직행이다!

그런데 순간 어머니의 눈이 지금까지 본 적 없던 빛으로 반짝였다.

"갈 수 있으면 즐겁겠구나."

생전 처음으로 혼자 살게 되어서 어머니도 약해졌을 것이다. 아주 잠깐 이루지 못할 꿈을 꾸었는지도 모른다. 예상을 벗어난 어머니의 이 반응으로 소용돌이에 휘말린 듯이, 사태는 내 바람과는 전혀 다른 방향으로 진행되었다.

자잘한 일과 약속을 정리하고, 2주간 나라를 떠나기 위한 준비를 허둥지둥 해치우고 만약을 위해 휠체어를 확보했다. 평소에도 미국행 국제선 티켓은 확보하기 어려운데 이렇게 닥쳐서 어떻게 얻나 싶어 머리를 싸매고 여행사를 여기저기 돌아다닌 끝에 간신히 두 사람 몫의 항공권을 확보했다.

그런데 말이다, 오늘까지 항공권 요금을 내지 않으면 항공권이 취소되고 마는 아슬아슬한 날, 어머니가 돌연 꿈에서 깼다. 갑자기 안 가겠다고 선언한 것이다. 본가로 달려가서 봤더니, 어머니의 다리가 평소보다 조금 더 부어 있었고 눈빛도 늘 보던 그 눈빛으로 돌아와 있었다.

역시 무리라고 말하는 어머니를 나는 최선을 다해 설득했다. 여행사 퇴근 시간이 닥쳐오는 와중에, 비행기 납치범에게 투항하라고 권유하는 것처럼 협박하고 매달리면서. 그러나 설득하면 할수록 어머니는 점점 더 고집불통이 되어서는 "못 가, 못 간다고"만 되풀이했다. 어려서는 나도 이렇게 고집을 부리며 어머니를 힘들게 했을까. 결국 그 반짝이는 눈빛은 다시 돌아오지 않았다.

어머니의 예상치 못한 한마디에 소용돌이에 휩쓸리듯이 여행 준비를 시작했는데, 당사자가 바람을 등지고 지면에 단단히 발을 내리고 말았다.

이럴 때 엉덩이 무겁게 중심이 잡힌 사람은 날아가지 않고 견딘다. 나처럼 붕 떠서 사는 인간은 순식간에 바람에 휩쓸리고 만다. 차라리 『오즈의 마법사』처럼 소용돌이가 집까지 통째로 데려가주면 좋을 텐데.

출발하는 날, 둘 다 어쩔 줄 모르고 떨떠름하게 인사를 나넜다. 어머니는 입가가 축 처져서는 "좀 미안하게 됐구나"라고 말했고, 나는 나대로 떨떠름하게 "뭐가 뭔지 모르겠지만 어쨌든 다녀오겠습니다" 하고 고개를 숙였다. 돌아보면 어머니가 계속 서 있을 것 같아서 나는 고개를 꼿꼿이 고정하고 트렁크를 끌고 본가를 떠났다.

시나가와에서 공항으로 가는 리무진 버스를 탔다. 외국에 나갈 때면 내가 늘 지나는 코스다. 열흘 전만 해도 상상도 안 했던 과테말라행이지만 막상 길을 떠나니 가슴이 설레었다.

여름방학 기간의 나리타행 버스는 붐볐다. 마지막 한 자리를 확보하고 앉아서 주변을 둘러보니 모두 유니폼을 입은 비행기 승무원들이었다. 눈썹이 진한 중동계 얼굴. 머스크 향 같은 묘한 향기. 설마, 하고 이름표를 확인하자 거기에는 '이란항공'이라는 문자가 빛나고 있었다.

이 우연을 대체 뭐라고 설명해야 할까. 나는 아직 가보지 못한 이국의 향을 듬뿍 맡으며 페르시아어로 나누는 대화를 들었다. 친구 부부는 그들이 조종하는 비행기를 타고 이란으로 갈 것이다. 내가 앉을 예정이었던 자리에 다른 사람을 앉히고.

우연히도 내가 유일하게 확보한 과테말라행 항공권은 환상의 이란 여행과 같은 날짜였다. 게다가 제2터미널에 도착하자 버스의 승무원들도 같이 왁자지껄 떠들며 내렸다. 이란 항공은 내가 탈 콘티넨털항공과 카운터도 나란히 옆이었다.

체크인을 마친 뒤, 새까만 스카프를 맨 무슬림들 사이에서 친구 부부의 모습을 조심히 찾아보았다. 아무리 그래도 그렇게까지 우연이 겹치진 않겠지. 자리를 뜨려는 그때, 페르시아어로 방송이 나왔다. 다른 단어는 모르겠는데 반복해서 불리는 친구의 이름만큼은 확실히 들렸다. 나는 무슨 일이 생긴 건가 싶어서 친구 부부에게 휴대폰으로 전화를 걸었다.

스케줄이 도저히 안 맞아서 이란행을 거절했지만 나는 지금 이렇게 공항에 와 있다. 면목이 없어서 숨기려고 했는데, 참 이상한 운명이었다.

제대로 설명하기 어려운데 어쩌다 보니 혼자 과테말라에 가게 되었어요. 내가 주저하며, 그러나 정직하게 설명하고 고개를 숙이자, 친구는 역시 현명하게 웃는 얼굴로 "다음에는 둘 중 어느 나라에든 가요. 같이"라며 웃었다.

여행을 떠나는 입구에 서서 들뜬 감정을 맛보면 모든 것은 웃음으로 풀린다. 평소보다 훨씬 화사해 보이는 친구 부부 뒤로 우아한 노부인 한 명이 다정하게 웃고 있었다.

일본인 부인의 모친이었다. 우리 어머니와 연배가 비슷해 보였다. 딸의 시댁이 어떤 곳인지 궁금해서 작열하는 대지로 간다는 것이다. 하와이도 가본 적 없는 모친이어서 당연히 안 간다고 할 줄 알고 말을 꺼냈는데, "나도 같이 가마!" 하고 순식간에 눈빛이 변했다고 한다. 모친도 나와 마찬가지로 소용돌이에 휩쓸렸나 보다.

첫 외국 여행이라 긴장한 모친에게 "조심하세요, 조심하세요, 그래도 마음껏 즐기고 오세요"라고 말한 뒤 우리는 말그대로 오른쪽과 왼쪽으로 나뉘어 하늘로 날아올랐다.

참
과테말라다운
이야기

나리타에 도착했는데 여권이 없다. 나는 옴짝달싹도 못하고 날아가는 비행기를 멍하니 배웅한다….

내가 자주 꾸는 악몽 중 하나다. 그런데 이번에는 여권은 집요하게 확인했으면서 나리타에 도착한 순간 중요한 물건 하나를 깜빡하고 온 것을 깨달았다. 냉장고에 넣어둔 생미역을 나올 때 까맣게 잊고 챙기지 못했다.

작년에 아버지의 납골을 위해 방문한 센다이 역 앞 시장에서 숙모가 추천해준 이후로 나는 건조 미역을 쓰지 않고 생미역을 주문해서 쓴다. 쥬산하마의 미역. 아버지의 형제자매는 산리쿠°의 그 해변에서 자주 수영을 했다고 한다. 아버지도 그때를 그리워하며 이 미역을 자주 먹었다. 단단하고 싱싱하다. 끓여도 흐물흐물해지지 않아 마음에 들었다.

동생에게도 이 미역을 먹이고 싶었다. 그러나 과테말라인 가족은 해초라고 이름 붙인 것은 일절 입에 대지 않는다. 하긴, 해발 1,500미터 산속에 사는 사람들이다. 바다의 산물과는 인연이 없다. 그렇게까지 싫어할 건 없지 않나 싶은데, 냄새가 난다고 미역을 넣은 된장국에는 입도 대지 않았다. 김이 불은 전병을 주면, 밤 속껍질을 까듯이 김을 정성껏 벗겨서 먹었다.

그런 가정에 생미역을 들고 가기는 좀 그렇지만, 최근 나는 밤에 배가 고프면 이 미역을 대충 끓여서 우적우적 먹는 습관이 생겼다. 열량도 낮고 배도 부르다. 머리카락을 까맣게 하는 데도 좋은 음식이다. 과테말라 요리에 질렸을 때, 초간장이나 참기름을 뿌려서 밤중에 동생과 몰래 먹을 생각이었다.

출발 전, 동생에게 필요한 물건 목록을 작성해서 보내라고 통보했다. 단, 팩스 이하의 무게로. 그러나 아무리 재촉해도

○ 혼슈 북쪽의 미야기현, 이와테현, 아오모리현의 해안 지방을 말한다.

동생은 목록을 보내지 않았다. 필요한 것이 없다고 했다.

동생 집에는 오가는 여행자들이 귀국하기 전에 놓고 가는 일본 식량이나 약이 항상 넘쳐났고, 이미 현지인이 되었으니 일본에서만 손에 넣을 수 있지만 어떻게든 갖고 싶은 물건 같은 건 떠오르지 않는가 보다. 그런 집착 없는 성격이 조국을 떠나 20년이나 살아가게 한 비결인지도 모른다.

게다가 동생이 가장 데려오길 바랐던 대상을 옮기는 데 실패한 마당에 지금에 와서 다른 걸 생각하라는 것도 가혹하다. 그 대상은 생미역과는 비교도 안 될, 이번 여행의 중대한 분실물이었다.

당시 어머니는 무슨 생각이었는지, 막 출발하려는 내게 캔에 든 김을 주었다. 하필이면 왜 김인데! 어머니는 과테말라 며느리의 취향은 아예 기억도 못하나 보다. 그래도 그렇지, 이 선물은 동생의 가족들에게 싸움을 거는 것 같잖아.

도쿄 남쪽 구석진 곳인 우리 동네 오모리는 에도 시대부터 일본 김 산업의 고향이었다. 지금이야 에도 시절에 먹던 그 김은 생산되지 않지만 근처에는 여전히 김 도매상이 잔뜩 있다. 김은 오모리의 자랑이다. 우리 남매는 이곳에서 태어나고 자랐다. 누나는 김을 좋아하는 토박이답게 지금도 이 해안가 마을에 살고, 동생은 김을 싫어하는 가족과 먼 이국 산간 지방에 산다.

전에 일본에 왔을 때, 올케가 가부키아게°를 즐겨 먹던 것을 떠올리고 대량으로 사 가겠다고 제안했다. 그런데 동생은 아내의 가부키아게 사랑이 여행자들 사이에서 유명해진 덕분에 이미 질리도록 먹었으니 괜찮다고 했다.

동생이 양하를 먹으며 "이건 과테말라에서는 안 난다니까"라고 원망스럽게 말했던 것이 떠올라서 양하 씨를 찾아보았다. 그러나 일주일 안에는 손에 넣을 수 없었다. 하지만 일본인으로서 아무리 허물없는 동생 집이라도 빈손으로 갈 수는 없다.

부탁이니까 뭐든 하나만 말해줘. 이렇게 매달렸더니 동생은 아내와 의논한 끝에, 아내에게는 연기가 적게 나는 선향을, 자기는 굳이 꼽는다면 점화기를 사다 달라고 대답했다. 과테말라의 향은 향기보다 연기가 많이 난다. 일본에 왔을 때, 올케는 연기가 거의 나지 않으면서 그윽한 향이 나는 선향을 보고 대단히 감동했다고 한다.

문제는 점화기였다. 생각하기에 따라 이것은 팩스보다 어

○ 우리나라의 '쌀로별'과 비슷한 달고 짭조름한 쌀과자.

려운 문제였다.

2005년부터 미국 항공회사와 미국 노선에서 라이터를 비롯한 점화기는 일절 휴대 금지였다. 기내 반입은 물론이고 위탁 수하물에 넣을 수도 없다. 동생은 위탁 수하물에 넣어서 안 들키면 가져오고 아니면 말라고 했지만 안간힘을 쓰며 잠근 빵빵한 트렁크를 공항에서 다시 여는 상황은 끔찍했다.

전에 규슈에 순회공연을 하러 갈 때, 비행기를 탄다는 사실을 깜박하고 식칼과 도마를 배낭에 넣고 간 적이 있었다. 당연히 수하물 검사에서 들켰다. 이게 없으면 밥을 못 먹는다고 울며 매달리자, 담당자는 식칼을 전용 특별 봉지에 넣어 엄중하게 봉하고, 객실승무원에게 맡길 테니 내릴 때 찾아가라고 손을 써주었다. 이 방법을 쓰기로 하고, 나는 점화기를 수하물 가방에 슬쩍 넣어두었다.

당일, 나는 항공회사 카운터의 여성 담당자에게 한껏 미소를 지어 보였다. 여기서 교섭에 성공해 환승 비행기에까지 인계를 철저히 해두지 않으면, 다음에는 미국 항공사와 협상을 해야 한다. 내 영어 실력으로는 절대로 불가능했다.

그런데 일 처리가 시원시원한 그 담당자에 따르면, 지금은 그 시스템도 폐지되어서 어떤 형태로든 화기 종류는 가져갈 수 없다고 했다. 저는 배우예요, 절대로 테러를 저지르거나

하지 않아요. 농담을 섞어서 졸랐지만, "번거로우시겠지만 공항 내 택배 카운터가 있으니까 거기에서 자택으로 반송해주세요"라는 반듯한 대답만 돌아왔다.

나는 또 어머니에 이어 남동생이 유일하게 요구한 대상을 가져가지 못하는 것인가. 대체 무엇을 위해서 바다를 건너는 거지. 300엔짜리 물건을 택배로 부칠 이유는 없다. 버리는 것도 화가 나니까 담배에 불을 붙이고 아무에게나 줘야지. 풀이 죽은 나는 권총처럼 생긴 점화기를 일단 가방에 넣어두었다.

출발하기 전까지 이란으로 가는 친구와 이별을 아쉬워하고, 환율을 입력하면 단박에 엔화로 환산할 수 있다는 외국 통화 계산기를 찾으며 분주하게 시간을 보냈다. 그리고 출국 절차를 허둥지둥 마치고 11시간 비행 전의 '마지막 한 대!'를 피우려고 담배에 불을 붙이려는 순간, 나는 소스라치게 놀라며 가방에 손을 넣었다. 아니 글쎄, 점화기가 고스란히 들어 있었다.

물론 출국 수속 전에 당연히 수하물 검사를 받았다. 요즘 검사는 엄격해서 작은 버클로도 버저가 울리니까 나는 미리 벨트가 필요 없는 바지를 입었다. 컴퓨터를 꺼냈다 넣는 손놀림도 그야말로 화려했고, 아무런 문제 없이 검사를 통과했다. 가방 아래에 잠든 점화기를 까맣게 잊은 채로.

수하물 검사 후의 흡연실에는 재떨이 옆에 차량용 시가라이터처럼 생긴 것이 갖춰져 있다. 라이터를 빼앗긴 사람들은 모두 그것을 쓰거나 옆 사람에게 불을 빌렸다.

나는 어떻게 해야 할지 고민했다. 절대 고의는 아니고, 어디까지나 과실이다. 하지만 우연이라곤 해도 이렇게 허용되었으니 지금 버리기도 아깝다. 시치미를 뚝 떼고 점화기를 가방 안에 밀어 넣고, 나는 비치된 라이터로 출국 전의 마지막 담배에 불을 붙였다.

만석인 비행기는 휴스턴을 향해 출발했다. 목적지 이름이 마음에 들지 않는다. 13년 전에는 샌프란시스코, 로스앤젤레스, 멕시코에서 비행기를 네 번이나 갈아탔다. 거리로 따지면 네 번 갈아타는 쪽이 더 가까운데, 환승 시간이 촉박해서 정신이 없었다.

이번에 구한 항공권은 휴스턴에서 한 번만 갈아타면 과테말라까지 갈 수 있다. 대신에 휴스턴에서 다음 비행기를 탈 때까지 6시간이나 시간을 보내야 한다.

미국이라는 나라에는 갈아탈 뿐인데도 입국 절차를 밟고 짐도 다시 맡겨야 하는 번거로운 제도가 있다. 처마를 빌려 잠깐 비를 그으려는데 굳이 집주인에게 허락을 받아야 하는 것이다.

휴스턴 공항에 도착해 입국 심사를 받았을 뿐인데 2시간 이상 소모되었다. 하긴, 당연하다. 그 많은 사람의 지문을 일일이 채취하고 한 명씩 얼굴 사진을 찍으니 그 정도는 걸린다. 어쩔 수 없는 일이라곤 해도 좀 슬펐다. 조지 부시 공항이라는 이 공항의 정식 명칭도 어쩐지 뒤숭숭하게 느껴졌다.

3시간 정도 시간을 보내고 다시 간 수하물 검사장에는 당연히 긴 줄이 생겨 있었다. 차례가 다가오자 슈욱, 슈욱, 하고 오싹한 소리가 들렸다. 최신식 시큐리티 체크 기계 같았다. 금속탐지기 말고 게이트가 하나 더 있는데, 거기를 지나면 소맷부리부터 옷 전체에 정체 모를 기체를 무시무시한 세기로 뿜어댄다. 나리타 공항과는 수준이 다른 경계 태세다. 대체 저 강렬한 기계로 뭘 탐지하는 걸까.

거기까지 생각한 순간, 온몸의 모공이 꽉 조여들었다. 바보 같은 나는 그 순간에 이르러서야 점화기를 또 깜박하고 버리지 않은 것을 깨달았다. 순서는 바로 코앞이다. 지금 줄을 다시 설 시간이 없다.

개별실로 호출당할까. 영어로 혼이 나려나. 벌금을 내야 하나. 강제 송환? 교도소?

이렇게 된 이상, 바보 시늉을 하는 수밖에. 아니, 시늉이 아니라 정말로 바보였다. 바보답게 명랑하게 붙잡혀야지. 조금은 동정심을 살지도 모른다. 하지만 지나친 공포에 눈썹이 처져서 금방이라도 울 것 같은 표정이 되었다. 나는 다가오는 기계를 앞에 두고 울먹이며 오랏줄에 묶일 각오를 했다.

결과부터 말하자면, 나는 울상을 지은 채로 그곳을 통과했다. 물론 점화기도 함께.

어디를 지나고, 어디를 통과해도 삐 소리가 나지 않았다. 무서운 기계 아래에서도 걸리지 않았다. 나리타에 이어서, 한 번이라면 몰라도 두 번이나. 이게 도대체 무슨 일인지, 나는 지금도 이해하지 못한다. 이런 일이 매번 생길 리 없다. 그렇다면 오히려 큰일 아닌가. 게다가 귀국할 때는 새끼손가락 크기의 휴대용 손톱깎이도 압수당했다. 대체 뭘까, 귀신이 곡할 노릇이다.

과테말라시티 공항에 도착하자 벌써 밤 10시가 지났다. 이틀을 꼬박 여행한 기분이었다. 로비는 어슴푸레하고 고요해서 번쩍번쩍한 휴스턴 공항과 비교하면 시골 무인역 같았다.

마중을 나온 동생 부부와 한밤중의 산을 넘어 안티과로 향했다. 차를 타자마자 나는 한시라도 몸에서 떼지 않고 비스

듬하게 메고 있던 가방에서 점화기를 정중히 꺼냈다.

그건 그렇고. 애초에 점화기가 왜 필요했을까.

과테말라의 가스스토브는 자동점화식이 드물다. 요리할 때마다 불을 댕겨야 하는데, 라이터로는 불을 붙이기 어렵다. 그러니까 점화기 정도는 팔고 있을 것이다. 미개척지도 아니니까.

"팔고 있어."

동생이 태연자약하게 대답했다. 나는 또 울상이 되었다. 그럼 나리타에서 벌인 필사적인 교섭은 뭐였지. 휴스턴에서 느낀 그 공포는 대체 뭐였냐고.

"점화기를 팔긴 파는데 불이 잘 안 붙거든."

참 과테말라다운 이야기다 싶었다. 그걸 알면서도, 나는 또 이상한 곳에 와버린 모양이다.

라틴 모드
체인지

으악! 전기를 안 끄고 잠들었다!

허둥지둥 침대에서 굴러떨어지듯이 내려와 스위치를 찾았다. 이거다 싶은 스위치를 찾아 비틀었는데, 샛노란 방이 점점 더 밝아져서 눈이 휘둥그레졌다. 형광등을 켜놓은 채로 잠든 줄 알았는데, 천장에 점점이 박힌 유리블록 너머로 눈부신 햇빛이 내리쬐고 있었다.

여기저기 떠돌아다니는 생활이 잦은 나는 눈을 떴을 때, 지금 어디에 있는지 모르는 상황이 종종 있다. 연일 이동하는 순회공연 때는 매일 아침 잠에서 깨면 혼란스러웠다.

여긴 정말 동생 집일까, 순간 혼란이 밀려왔다. 그도 그럴 것이 13년 전에 내가 머무른 곳은 낮에도 어두침침한 움막 같은 집이었다. 전구 와트 수도 낮아서 밤에는 촛불을 켜지 않으면 앞이 보이지 않았다. 그런데 지금 나는 눈이 번쩍 뜨일 정도로 밝은 방에 있다. 꼭 호텔 같다. 거기까지 생각하자 뭔가 기쁘기도 한 동시에 찝찝하니 시큼한 기분이 들었다.

어제 밤늦게, 13년 만에 방문한 동생 집은 헛것을 봤나 싶을 정도로 깔끔했다. 4년 전에 화재로 집이 반쯤 불탔고, 이후 오랜 시간을 들여 다시 세웠다고 한다. 콘크리트 건물인데 누전 때문에 나무로 인 지붕과 가구가 불탔다. 가족과 학생들은 모두 무사했지만 타오르는 불꽃을 보고 옆집 아주머니가 기절했다. 다음 날 신문에는 구급차를 타고 실려 간 아주머니의 사진이 동그랗게 게재되었다고 한다.

동생이 트렁크를 운반해준 안쪽 방은 예전에 복작복작한 가재도구 틈에 가족 셋이 침대를 나란히 하고 누운 곳이었다. 그곳이 지금은 멋진 손님방으로 바뀌어 있었다. 벽은 선명한 노란색으로 칠했고, 커다란 침대와 책상을 놓은 단조로운 침실 안쪽에 세면대가 있는 방이 하나 더 있다. 바닥에는 내가 신발을 벗고 지낼 수 있게 뭔지 모를 잎으로 짠 깔개가 가득 깔려 있었다.

나는 "호텔 같다, 호텔 같아!"라고 잔뜩 신이 나서 신발을 벗어 던지고 그 훌륭한 손님방에 들어갔다. 글쎄, 안쪽 방 테이블 위에는 커다란 꽃병에 꽃까지 흐드러지게 꽂아놓았지 뭔가. 웰컴 플라워! 나는 짐을 놓자마자 꽃을 향해 달려갔다.

쿠웅. 대사건의 징조 같은 소리가 나더니 커다란 꽃병과 그것을 올려놓은 유리판이 내 눈앞에서 산산이 부서졌다. 테두리가 없는 유리판의 크기를 가늠하지 못해 너무 가까이 다가가고 말았다. 유리판이 생각보다 컸고 테이블 다리 위에 그냥 올려놓은 상태였던 것이다.

잔뜩 굳어서 뒤를 돌아보자, 동생도 말문이 막힌 것 같았다. 올케인 페트라 씨도 "괜찮아요?" 하고 달려왔다. 다행히 몸은 하나도 다치지 않았지만 마음에 조금 금이 갔다.

갑작스러운 대사고. 13년 만에 온 누나를 꽃까지 장식하며 맞아주었는데 집에 들어오자마자 그 환영하는 마음을 산산조각내고 말았다.

"괜찮아요, 문제없어. 다치지 않았으면 아무 문제도 없어."

외모처럼 마음도 시원시원한 페트라 씨는 의기소침해진 내 등을 팡팡 치면서 웃음을 터뜨렸다.

하룻밤이 지나고, 시큼한 기분의 정체를 떠올린 나는 손님 방 문을 살그머니 열어보았다. 동생 집은 8시부터 시작인 스페인어 수업 준비로 이미 분주했다. 건빵 같은 비스킷을 커피에 적셔 먹던 페트라 씨가 내게 잘 잤는지 물었다. 나와 페트라 씨는 간단한 영어라면 대화를 나눌 수 있다. 어제 도착하자마자 말썽을 부려서 미안하다고 고개를 숙이자, 연상의 올케는 고개를 갸웃거리며 멍한 표정을 지었다. 왜 사과하는지 모르겠는 모양이다.

그래. 여기는 라틴 국가다. 자기가 저지른 실수도, 타인이 저지른 실수도 통 크게 잊는 나라다. 어제 일을 오늘까지 질질 끌지 않는다. 과테말라에서 보내는 첫날 아침, 나는 일본인 모드를 아주 조금, 이 나라 모드로 바꾸기로 했다.

8시 수업 시작을 알리는 종이 울리자, 선생님들이 황급히 뛰어 들어왔다. 선생님들은 모두 주부여서 집안일을 하거나 가업을 돕느라 바쁜 사람들이다. 예닐곱 명의 학생들이 벌써 맨투맨으로 수업을 시작했다. 게다가 일을 돕는 사람들도 오가다 보니 침실에서 한 걸음 나오면 바로 공적인 공간이었다.

"여전히 사람 출입이 잦은 집이네."

나는 수업 준비를 마치고 거실로 차를 마시러 온 동생에게 말을 걸었다.

"그러니까. 그래서 이렇게 고친 거야."

동생은 내가 일본에서 가져온 고급 일본 차를 마시며 개축하기에 이른 경위를 띄엄띄엄 말해주었다.

안티과의 스페인어 학교는 학교라기보다 일반 가정집의 안 쓰는 방에 책상을 가져다놓은 학원에 가까운 것이 대부분이다. 콜로니얼 양식의 집은 기본적으로 중앙에 파티오, 즉 안뜰이 있고 그 주위를 회랑과 작은 방이 네모나게 둘러싼다. 동생 집도 그런 안 쓰는 공간에 의자와 테이블을 마주 보게 놓고 스페인어를 가르친다.

예전에는 그 공간을 카페로 이용해서 여행자에게 차도 내놓았다. 여행자가 두고 간 일본 책이나 만화를 모아놓다 보니 도서관이라고 불리게 되었다. 따라서 낮에는 당연히 출입이 자유롭다. 13년 전에 내가 왔을 때는 학생들과 여행자들은 물론이고 매일 다양한 사람이 들락거렸다. 저녁에 수다를 떨러 오는 사람. 거실 텔레비전을 보러 오는 사람. 저녁 식사 때 어디선가 나타나서 자리에 앉는 사람.

당시 내가 본 단골손님 중에 '유적 아줌마'가 있었다. 일주일에 며칠쯤은 그 아줌마와 자식들이 와서 별다른 대화도 나누지 않고 저녁 식사를 야금야금 해치우고 돌아갔다. 페트라 씨의 먼 친척에 해당한다고 하는데, 이 마을에 있는 사원 폐허에 멋대로 들어가서 사는 일가라고 들었다.

이런 무해한 손님만 있을 때는 괜찮았다. 그런데 어느 날, 웃어넘기지 못할 손님이 왔다. 권총을 든 사람이 들어온 것이다.

그날, 동생을 제외한 가족들은 다른 집에 초대를 받아 먼저 집을 비웠다. 마지막 학생을 보내고 동생도 나가려는 그때, 2인조 강도가 들이닥쳤다. 권총에 위협을 당한 동생은 그들이 가져온 지저분한 밧줄에 꽁꽁 묶여 바닥에 뒹굴어야 했다. 밧줄이 부족하자 식탁보를 끌어와 입까지 막았다.

2인조가 "돈은 어디 있어!"라고 외쳤고, 동생이 "이러고는 말을 못하잖아"라고 웅얼웅얼 항의하자, 둘은 허둥대며 재갈을 풀어주었다.

"금고는 어디 있어!"라고 협박해서 "이 상태로는 안내하고 싶어도 걷지를 못하잖아"라고 지적하자 이번에는 다리를 묶은 줄을 풀어주었다.

"돈 내놔!"라고 호통을 쳐서 "이 상태로는 금고를 못 열잖아"라고 깨우쳐주자 그들은 완전히 당황해서 열심히 묶은 밧줄을 전부 풀어주었다.

결국, 일본 엔화로 따지면 1만 엔 정도 되는 돈과 페트라 씨 집에 대대손손 전해진 소중한 예수 그리스도상을 가지고 권총 강도는 사라졌다.

분명 웃으면 안 되는 이야기인데, 늘 그렇듯이 담담한 동생의 말투 때문에 무슨 만담이라도 듣는 기분이었다. 아마 강도에게도 이렇게 말했을 것이다.

도둑도 도둑인데 경찰도 경찰이다. 사건 경과를 듣고 나서 몽타주 사진을 만들기로 했다. 그런데 담당 경찰관이 기계에 익숙하지 않아서 눈과 코가 영 만들어지지 않았다. 보다 못한 동생은 경찰을 밀치고 직접 컴퓨터를 조작해 혼자 몽타주 사진을 완성하고 돌아왔다고 한다.

경찰이 그 모양이니 동생은 자기방어를 위해 계획을 짜냈다. 몇 년 전부터 이웃 마을 호코테낭고에서 운영해오던 약국을 자택 입구로 이전한 것이다.

과테말라에서 비교적 안전한 이 마을에서도 대형 슈퍼나 시장 말고 손님이 가게 안을 돌아다니며 마음에 드는 물건을 직접 고르는 가게는 적다. 소규모 가게는 보통 가게 앞에 교도소처럼 쇠창살을 둘러쳐놓고 그 안에 상품과 점원이 대기하는 구조다. 당연히 방범을 위해서다. 손님은 쇠창살 너머로 점원에게 원하는 것을 말하고 돈과 상품을 교환해야 한다. 스페인어를 못하는 사람에게 이런 가게는 참 번거롭다.

강도 사건 이후, 동생은 자택 입구에 쇠창살을 갖춘 가게를 두고 약 이외에도 상품 가짓수를 늘려 티엔다라고 불리는 편의점 비슷한 가게를 열었다. 과자나 주스, 담배, 휴대전화 프리페이드 카드 등 마을의 잡화상처럼 물품을 갖췄다. 그리고 가게에 점원을 한 명 상주시켜 경비 역할도 하게 했다.

마치 요새 같은 티엔다 옆에는 역시 쇠창살이 박힌 커다란 문이 있다. 학교에 오는 학생이나 불쑥 놀러 온 사람은 아는 사이라면 점원에게 인사를 하면 된다. 처음 오는 사람은 용건을 말하고 합격하면 점원이 수동으로 버튼을 눌러 문을 열어준다. 꽤 괜찮은 아이디어다.

게다가 24시간 영업이어서 밤에도 경비원을 세워두고 짭짤한 수입을 얻으니 편리하기까지 했다. 사는 손님에게도 파는 가게에도 편의점의 역할을 톡톡히 하는 셈이다.

요즘은 안티과에도 동생의 가게를 흉내 내 심야 영업을 하는 가게가 늘었다고 한다. 큰돈을 벌진 못해도 동생은 꽤 수완 있는 실업가였다.

이웃 마을에 약국을 낸 연유도 그때 처음 들었다. 스페인어 학교는 어디까지나 여행자가 있어야 이루어지는 장사다. 이 나라의 정세를 고려하면 언제 무슨 일이 벌어져서 관광객이 격감할지 모른다. 어쨌든 10년 전까지만 해도 내전이 끝도 없이 벌어진 나라니까. 특히 일본인은 반응이 빨라서 일본 학생이 주 고객인 동생의 학교는 큰 사건이 보도되면 단번에 장사가 안 된다.

동생은 스페인어 학교와 병행해서, 필수품인 약을 파는 장사를 떠올렸다. 또 의붓아들인 페르난도는 어려서부터 의사가 되고 싶다고 했으니까 언젠가 가족이 작은 병원과 약국을 경영하면 일거양득이다, 오래오래 평안하게 살 수 있다, 이렇게 생각했다고 한다.

나는 놀랐다기보다 반쯤 질려서 이야기를 들었다. 이 녀석은 정말이지 철두철미하게 이 땅에 뿌리를 내리고 생각하는구나 싶었다.

그러다가 문득 떠올렸다. 동생은 약사 면허가 없을 터였다. 그런 공부를 했다는 소리도 듣지 못했다. "뭐야? 과테말라는 허가증 없이도 약을 팔 수 있어?" 이렇게 물었더니 동생은 천연덕스러운 얼굴로 "빌렸어"라고 대답하고는 웃었다. 들어보니 이 나라에서는 남의 허가증을 빌려 약국을 열 수 있다고 한다.

과테말라에서 사는 일본인은 보통 일본인을 상대로 장사하는 사람이 많다. 일본인을 대상으로 한 호텔이나 레스토랑, 여행회사 가이드 등. 각자 외국인으로서 이점을 활용해 살고 있다. 그런데 동생은 만약 이 나라에서 일본인이 전부 사라지더라도 이 나라에서, 이 나라 사람으로 살 생각인 것이다. 처음 듣는 권총 강도 이야기보다, 잘 꾸린 가게 시스템 이야기보다 나는 오히려 그 사실에 놀랐고 배 속 저 깊은 곳에서 한숨이 올라왔다.

일본 차를 마시며 오래도록 이야기를 나누는 남매 옆에서 아까부터 도우미들이 어제 내가 깨뜨린 유리 파편을 치우고 카펫을 걷어 바지런히 청소하고 있었다. 조금 전에 라틴 모드로 바꾸기로 했지만, 아무래도 마음이 편치 않았다. 결국 참지 못하고 동생에게 이렇게 말했다.

"저기, 유리랑 꽃병, 변상하고 싶은데."

동생은 곤란한 표정을 지으며 내가 늘 불편해하는 그 말을 했다.

"그런 거, 신경 안 써도 되잖아."

동생과 대화하다 보면 이런 말로 끝나는 빈도가 아주 높다. 그런데 이런 소리를 들으면 나는 오히려 더 짜증이 난다.

"신경 쓰여, 신경 쓰이고말고, 일본인이니까!"

그렇게 외치고 나서 왠지 우울해졌다. 기상천외한 이야기를 들은 후인데도 나는 겨우 이 정도의 모드 체인지도 못하는 걸까. 그렇게 생각하면서도 왠지 분해서, 나는 동생에게 한 방 더 먹이려고 했다. 왜 지금까지 강도 사건을 보고하지 않았느냐고.

"그야, 그런 소리를 들으면 어머니도 누나도 안 올 거잖아?"

태어날 때부터 라틴 피를 가진 것처럼 보이는 동생에게도 아직 조금은 일본인다운 배려가 남아 있었다. 나는 조금 안심했지만 그래도 떨떠름한 표정으로 시선을 피했다. 유리블록 너머로 내리쬐는 아침 햇빛이 유독 눈부셨다.

그링고의
치킨 따위

안티과는 스페인어로 오래되었다는 의미인 마을이다. 이름 그대로 과테말라의 고도古都다. 일본이라면 다네가 섬에 도착한 포르투갈인이 철포를 전해주고 도쿠가와 이에야스가 태어난 해인 1543년, 중남미를 정복한 스페인에 의해 만들어졌다. 이때는 멕시코 남부에서 파나마 주변까지 대식민지를 통괄하는 위풍당당한 수도였다. 2백 년 후 대지진이 발생해 현재 과테말라시티에 수도의 자리를 넘겨주었다. 이때 남은 17, 18세기 교회와 수도원 등의 유적이 지금도 마을 여기저기에 남아 있다. 콜로니얼 양식인 마을 풍경도, 경치에 푹 빠져서 걷다 보면 반드시 다치고 마는 울퉁불퉁한 돌바닥도 당시 모습과 똑같다고 한다. 마을 전체가 골동품인 셈이다. 프랑스어 '앙티크antique'에 해당하는 안티과라는 이름이 잘 어울린다.

유네스코 세계 유산으로 인정된 후로는 콜로니얼 양식이 아닌 건물은 세울 수 없고 2층 이상의 건물도 규제되었다. 교회 첨탑 이상으로 높은 건물은 없다. 전철도 없으니 역도 없다. 동생 가족은 일본에 와서 익숙하지 않은 아파트와 역 계단을 오르락내리락하느라 악전고투했다.

"일본은 선진국인데 왜 이렇게 계단이 많아?"

동글동글 살이 찐 과테말라인 모자는 신음하며 이런 말도 안 되는 투정을 부렸다.

동생 집에서 시장까지 가는 길을 13년 만에 혼자 산책 삼아 걷기로 했다. 안티과의 번화가는 외국인을 노린 가게가 늘어 몰라보게 세련되어졌다. 예전에는 한산했던 바둑판 거리에 피부를 과하게 노출한 서양인들이 무리 지어 걸었다. 페퍼민트 그린에 사몬 핑크 등 파스텔 색조의 벽이 이어져서 과자로 만든 마을 같았던 집들도 최근에는 규제되어 흰색, 벽돌색, 황토색의 고색창연한 삼색으로 통일되었다. 설탕 과자가 조림 반찬으로 탈바꿈한 수준으로 인상이 달라졌다.

콜로니얼 양식의 단층집 대부분은 그 정취를 잘 살려 멋진 카페로 다시 태어났다. 앤티크한 카페 탐방이 관광 코스 중 하나인지 어디나 외국인으로 가득했다. 한적한 주택가였던 곳에도 스페인어 학교나 인터넷 카페가 진출했고, 살사를 크게 틀어놓은 댄스 교실에서는 과테말라인 선생님과 백인 여자가 낮부터 몸을 겹치고 있었다. 겉으로는 새로운 것을 거부하면서 안으로는 차근차근 요즘 풍이 되었다.

중앙 공원을 조금 지난 곳에는 맥도날드까지 생겼다. 단, 네온사인 같은 전기를 쓰는 광고는 물론이고 간판도 허용되지 않는 이 마을에서는 맥도날드까지도 외관은 다른 주택과 똑같다. 벽돌색 벽의 차분한 입구 옆에 단지 노랗고 작은 글씨로 'M'이라고 적혀 있다. 이 로고를 모르는 사람에게는 무슨 암호처럼 보이리라.

맥도날드 옆에는 과테말라인이 세상에서 가장 좋아하는 포요 캄페로가 마침내 가게를 냈다. 동생이 포요캄이라고 부르는 이 체인점은 과테말라의 켄터키프라이드치킨 같은 가게로, 예전에는 수도에만 있었다. 포요캄과 켄터키가 싸운 끝에 켄터키가 물러났을 때, 과테말라인은 당연히 그럴 줄 알았다며 아주 기뻐했다고 한다. 나는 별다른 차이를 모르겠는데, 그들에게는 '그링고의 치킨 따위 먹을쏘냐!' 뭐 이런 건가 보다. 그링고는 이 나라 사람들이 타지인, 특히 미국인에게 사용하는 경멸적인 호칭이다.

애초에 닭고기를 최고의 진미로 여기는 사람들이다. 나는 냄새로 구분하지 못하는 특별한 향신료라도 썼을까? 아니면 미국을 향한 복잡한 증오와 동경 때문일까. 어쨌든 과테말라인이 포요캄에 품은 마음은 미국인이 맥도날드에 품은 그것 이상으로 영혼을 뒤흔드는 무엇인가 보다.

외국에 나가는 과테말라인들은 이국에서 일하는 동포를 위한 최고의 선물로 포요캄 치킨을 가지고 간다고 한다. 과테말라에서 떠나는 비행기가 포요캄 냄새로 꽉 차는 경우도 드물지 않다고 한다. 일본의 우츠노미야 사람이 구운 만두를, 나고야 사람이 매콤한 닭 날개 구이를 들고 다니지 않듯이, 일본인인 나로서는 식은 프라이드치킨의 고마움을 도저히 상상할 수 없다.

이것도 이상한 이야기인데, 최근 들어 과테말라에도 타코스 가게가 생겼다. 바로 옆 나라인 멕시코의 대표 요리가 이제야 드디어 빛을 본 것이다. 전에 왔을 때, 모처럼 본고장 근처니까 마음껏 타코스를 먹을 수 있겠다고 잔뜩 기대했는데, 안티과에서도 수도에서도 내가 바라던 타코스 가게는 단 한 곳도 없었다. 그런데 이번에 도착해서는 공항에서 안티과로 가는 길에 줄이 길게 늘어선 타코스 가게를 발견했다.

동생 이야기를 들어보니 멕시코 요리와 칵테일이 최근 유행이라고 한다. 바다 저 너머 일본에서는 한참 전에 패스트 푸드인 타코스 가게가 갑자기 유행하더니 순식간에 사라졌다. 나도 모르게 남동생에게 아무리 생각해도 너무 느리다고 한마디 하고 말았다.

중앙 공원을 끼고 서쪽 끄트머리는 항상 수많은 사람과 차로 복작거렸다. 메르카도, 즉 시장은 여전히 붐비나 보다. 수백 년 동안 변하지 않은 거리에 새로운 가게가 생겼다가 사라지는 것을 비웃기라도 하듯이, 이 시장만큼은 여전히 13년 전과 다름없는 모습으로 남아 있었다.

근처에 슈퍼마켓이 몇 채 생기고 시장 입구 주변은 조금 깔끔하게 정비되었는데, 안의 혼잡함은 백 년, 2백 년 이어지기라도 한 듯한 내공 넘치는 무질서함이었다. 미로 같은 통로에 비좁은 가게가 겹겹이 이어진다. 모래 먼지를 뒤집어쓴 옷 옆에 생고기를 매달아놓고 땅바닥에 반찬을 늘어놓아 아무리 봐도 위생적이라곤 할 수 없다. 생활하는 데 필요한 온갖 것이 뒤섞여 있어서 묵은 채소 절임 같은 냄새가 났다. 그리운 그 냄새를 맡으며 처음 여길 찾은 때를 떠올렸다.

늘 봄인 안티과에는 계절이 건기와 우기뿐이다. 지금은 우기. 오후가 되면 구름이 늘어나고, 스콜의 빈도와 강수량이 건기의 두 배는 된다. 전에 왔을 때는 마침 건기가 한창이어서 오후가 되어도 태양이 너털웃음을 짓는 것처럼 쨍쨍했다.

건조한 공기를 통과해 온 태양 빛을 받으면 모든 사물이 스스로 빛깔을 내듯이 튀어 보인다. 동생과 함께 와서 처음 시장의 풍경을 봤을 때, 너무도 밝고 색이 다채로워서 현기증이 일 정도였다.

노랗고 빨간 자동차 몸체를 장식한 화려한 문자들, 장식이 과다해서 데코레이션 트럭 같은 과테말라의 명물 보닛 버스. 비닐에 덮이지 않은 형형색색의 싱싱한 채소. 색감이 현란해 싸구려처럼 보이는 플라스틱 잡화 더미. 그곳을 오가는 선명한 민족의상 차림의 사람들.

과테말라 인구의 60퍼센트를 차지하는 마야 선주민들은 지금도 민족의상을 입고 생활한다. 출신 마을에 따라 다른 무늬로 짠 극채색 천으로 가운데에 구멍을 뚫어 뒤집어쓰는 우이필이라는 이름의 옷과 코르테라는 랩스커트를 지어 노인, 청년 할 것 없이 농사를 지을 때나 축제 때도 모두 다 이 의상을 입는다. 아마 세상에서 가장 색채가 다양한 민족의상이지 않을까. 선주민들이 주로 일하는 시장에는 눈이 휘둥그

레지는 밝음 속에서 이 세상에 존재하는 색이라는 색이 몽땅 정신없이 춤춘다.

색, 색, 색. 원색의, 생생한. 한 대 맞은 기분이었다. 토마토의 빨간색, 민족의상의 남색이 각각 주먹을 쥐고 날아드는 인상이었다. 배경이 되는 하늘도 눈이 번쩍 뜨일 만큼 참으로 선명한 파란색이었다. 목이 쉬도록 "파랗다!"라고 외치는 것만 같았다. 나는 흥분하다 못해 "대단하다, 색의 집중포화야!"라고 말하고 바로 아차 싶었다. 동생은 약간 색각이상이 있다.

예전부터 나는 동생이 그림을 그리는 모습을 본 적이 없다. 옷을 고를 때도 색 이야기가 나오면 엉뚱한 소리를 하는 아이였다. 어른이 되어 검사를 했더니 색각이상이라고 진단을 받았다. 남자 스무 명 중에서 한 명꼴로 색각이상이 있다고 하니까 그렇게 소수파는 아닐 것이다. 어느 쪽이 보는 색의 세계가 정상일까. 어쨌든 동생은 내가 지금 보는 세계와 다른 세계를 보고 그 안에서 살고 있다. 그 사실을 처음 깨달았다. 동생 눈에 보이는 과테말라는 어떤 색을 한 나라일까.

13년 전 내 눈을 어지럽힌 경치는 구름이 잦은 우기의 하늘에 기운이 한풀 꺾여 고상함이 조금 추가된 것처럼 보였다. 시장도 나도 나이를 먹었다.

나는 묘한 안도감을 느끼며, 시장 부지에 새로 들어선 선물용품을 파는 가게들을 대충 둘러보았다. 이 근방에서 팔던 신발은 오래된 타이어로 바닥을 만들었거나 바늘이 불쑥 나와 있는 것도 있었는데, 그런 신발 가게는 자취를 감췄고 지금은 가짜로 보이는 나이키나 아디다스가 잔뜩 쌓여 있었다.

시장을 나왔더니 13년 전에는 보지 못한 태국의 툭툭이 수박에 꼬이는 파리처럼 잔뜩 대기하고 있었다. 이 탈것은 장을 보고 짐을 옮기는 주민이나 유적을 보러 가는 관광객을 태우고 차로는 다니기 어려운 마을의 뒷골목을 종횡무진 달린다. 한때는 경치가 태국처럼 되는 것을 우려해 금지되었는데, 지금은 총 대수와 색만 제한되어 안티과의 편리한 발로 활약하고 있다.

시장 옆 광장에는 이동 유원지가 왔는지, 마침 낡은 관람차가 설치 중이었다.

이 광장에서는 눈앞에 멋지게 펼쳐지는 '과테말라 후지'를 산기슭까지 볼 수 있다. 이곳이 내가 아주 좋아하는 안티과의 추천 스폿이다.

볼칸 데 아구아, 일본의 후지산과 닮은 이 산은 남쪽에서부터 안티과를 감싸듯이 우뚝 서 있다. 예전에는 분화구였던 자리에 커다란 호수가 있는데, 지진으로 호수의 물이 범람해서 '아구아' 즉, '물'의 화산이라고 불린다. 고민이 있을 때마다 후지산에 참배하러 가는 내게는 참 고마운 풍경이었다.

여행자 대부분은 이 마을에서 길을 잃으면 골목 틈으로 볼칸을 찾는다. 색도 양식도 비슷비슷한 건물이 이어지고 도로 폭도 균등한 바둑판 거리에서 나는 수차례 지도를 펼쳐 볼칸에 남쪽을 맞췄다. 길을 잃을 때마다 늘 이 산의 도움을 받았다. 후지산도 그렇고 볼칸도 그렇고, 정말 믿음직한 녀석들이다.

그리웠던 볼칸 데 아구아를 바라보며 나는 13년의 세월을 생각했다. 당시 초등학교에 입학했던 페르난도는 이제 스무 살이 되었다. 일찌감치 동생의 체격을 훌쩍 뛰어넘어 어엿한 라틴 남자가 되었다. 게다가 그의 방에는 쌍둥이처럼 똑 닮아 둥글둥글한 그의 아내까지 살고 있다.

페트라 씨는 육아를 끝낸 어머니의 여유를 즐기며, 가끔 학교에서 스페인어를 가르치는 것 말고는 그림을 그리고 종이로 인형을 만들고, 집 벽을 장식한 무수한 식물에 물을 주며 산다. 13년 전에 찍은 사진과 비교하면 동생과 마찬가지로 세 배쯤 몸집이 불어서 더 유복해 보인다. 둘 다 머리에 백발이 섞여서 이제 풍채 좋은 중년 부부가 되었다. 나만 혼자 몸무게도, 처지도 예전과 똑같다.

수 세기 전과 다르지 않아 보이는 석조 마을도 저만의 속도로 시간을 보내고, 전부 다 조금씩 변해간다. 나는 무엇이 변했을까.

과테말라 후지와 무인 관람차.

이곳에서 보는 풍경은 아무리 봐도 질리지 않았다.

부탁이니까
좀 쉬어요

어려서 나는 어머니가 멈추는 모습을 본 적이 없다. 어머니는 계속 헤엄치지 않으면 숨을 쉬지 못하는 상어와 동류라도 되는 것 같았다.

아침에 일어난 순간부터 가족이 모두 잠들 때까지, 어머니는 멈추지 않고 계속 일했다. 할머니, 할아버지를 포함해 여섯 명의 대식가 가족의 식사 준비와 뒷정리로 분주했고, 먼지를 털고 청소기를 끌며 돌아다니고, 소독약 냄새가 나는 장갑을 끼고 양동이를 들고 낡은 2층짜리 일본 가옥을 뛰어다녔다.

어머니가 앉아 있는 모습은 식사할 때, 바느질할 때나 재봉틀을 다룰 때, 그리고 머리를 뜨겁게 달군 롤러로 말 때, 이 세 경우 말고는 없었다. 옛날 파마는 머리를 감을 때마다 다시 롤러를 말아줘야 했으니까 좀처럼 멈추는 법이 없는 엄마도 그때만큼은 텔레비전을 보는 가족과 함께 거실 밥상 앞에 앉았다. 2, 30분 정도의 그 짧은 시간만큼은 우리 집 거실이 손님을 맞이한 것처럼 화기애애했던 것을 기억한다.

동생과 나는 용건이 있어도 움직이는 어머니의 등에 대고 말을 걸어야 했는데, 이게 꽤 재치가 필요했다. 오늘 학교에서 무슨 일이 있었는지 어떻게 하면 짧고 재미있게 말할 수 있을까. 어떤 순서로, 어디를 강조해서 말하면 뒷모습만 보이는 사람에게도 강렬한 충격을 줄 수 있을까. 집에 오는 길에 나는 그런 생각만 했다.

그러다 보니 우리 집에는 부모든 자식이든 얼굴을 마주 보고 이야기를 나누는 습관이 없었다. 그렇다면 커뮤니케이션을 어떻게 하는가. 바로 요리와 식사였다.

할머니와 어머니는 오후의 모든 시간을 투자해서 장을 보고 저녁 준비에 몰두했다. 미식가이지만 당뇨병 기미가 있는 할아버지와 아버지가 쌀을 많이 먹지 않아도 포만감을 느낄 수 있게 열량이 낮은 채소나 생선을 활용해서 반찬을 잔뜩 만들어야 했다. 우리는 손이 많이 간 요리를 "맛있다!"를 연발하며 남김없이 해치웠다. 좋아하는 요리가 나왔을 때는 반드시 마지막에 접시를 핥았다. 오직 이것이 우리 가족의 커뮤니케이션 수단이었다.

어머니의 이 '먹이로 길들이기' 교육법은 어떤 의미에서 아주 성공적이었다. 귀 따갑게 잔소리를 하지 않아도 저녁밥을 조금이라도 맛있게, 조금이라도 많이 먹으려고 아이들은 밖에서 군것질을 하지 않았고, 통금을 정하지 않아도 아버지는 물론이고 아이들도 저녁 먹을 시간이면 날아서 돌아왔다.

문제가 전혀 없진 않았다.

친구의 생일 파티에 초대를 받았을 때였다. 마당에 미끄럼틀과 그네가 있는 넓은 집이었고 케이크와 아이스크림이 산더미처럼 나왔다. 우리 집에서는 소풍 갈 때 말고는 본 적 없는 과자도 있었다. 친구들은 순식간에 얼굴이 크림 범벅이 되어 먹느라 정신이 없었다. 그중에 오직 한 명, "집에서 밥을 못 먹으니까요"라며 먹기를 거부하고 미끄럼틀만 계속 타는 초등학생에 두 손 두 발 다 든 그 집 어머니는 결국 우리 집에 전화를 걸었다.

"따님이 여기에서 단식투쟁을 해요."

우리 어머니는 쓴웃음을 지으며 나를 데리러 왔다. 먹이로 길들이기 교육법으로는 이 세상을 사는 사교성까지 가르칠 순 없었다.

대학 시험 때도 애를 먹었다. 현대 국어 점수에 모든 것을 걸어야 하는 성적이었는데, 그 현대 국어 시험 문제가 너무 괴로워서 답을 쓸 수 없었다.

어떤 소설의 인용이었는지는 잊어버렸는데, 예문으로 주인공이 어떤 사고를 당해 어머니가 싸준 도시락을 바닥에 떨어뜨려 길가에 떨어진 반찬을 울면서 줍는 장면이 나왔다. 왜 애를 먹었느냐 하면, 나는 음식물이 버려지는 이야기에 정말 약하다. 더러워진 달걀부침, 흙탕물에 젖은 감자조림은 생각만 해도 가슴이 미어진다. 지금도 편의점에 들어갔는데 유통기한이 지난 주먹밥을 회수하는 기척이 느껴진다 싶으면 후다닥 나온다. 음식물이 버려지는 걸 도저히 보지 못한다.

시험 중에 나는 예문을 보며 훌쩍이고 말았고, 답을 제대로 쓰지 못했다. 당연히 그 대학에는 멋지게 불합격했다. 눈물도 안 나왔다.

아버지가 손꼽히는 식도락가였던 것도 우리 집의 음식 교육에 아주 큰 영향을 미쳤다. 아버지는 늘 셔츠 가슴주머니에 이쑤시개를 몇 개나 넣고 다니며 어디서 맛있어 보이는 음식을 발견하면 반드시 이쑤시개로 쿡 찌르지 않고는 못 견디는 사람이다. 식탁에 반찬이 가지런하게 있으면 젓가락이 놓일 때까지 기다리지 못해 전용 이쑤시개를 빼 들고 달려들었다. 그리고 식사를 마친 뒤에는 행복에 겨운 소리를 흥얼거리며 그것으로 이를 쑤셨다. 관 뚜껑을 닫을 때, 나는 오열하면서 좋아하는 외출복 셔츠를 입은 아버지의 가슴주머니에 이쑤시개를 잔뜩 넣어드렸다.

요즘은 본가에 저녁을 먹으러 가면, 그 전날 내가 만들어서 먹은 것과 같은 요리가 나올 때가 있다. 가끔 동네 슈퍼에서 어머니와 만나면, 각자 장바구니에 대체로 비슷한 재료가 들어 있다. 어려서부터 오늘은 뭘 먹고 싶다고 생각하면, 그날 저녁에 그 반찬이 식탁에 올라오는 일이 드물지 않았으니까 나는 일일이 놀라지 않는다. 위장이 어떤 특수한 음파라도 내는 것 아닐까? 얼굴을 마주 보고 대화하지 않는 대신에 우리 가족의 위장은 멋대로 커뮤니케이션을 시작했나 보다.

이 신비로운 초음파는 태평양을 건너 과테말라에까지 도달했다. 동생의 아내 역시 요리에 유난히 집착하는 사람이었다.

과테말라에서는 점심이 하루의 중심 식사다. 페트라 씨도 오전 10시를 넘어서부터 도우미와 함께 부엌에 들어가 디저트를 포함한 호화로운 점심을 준비하기 시작한다. 콩을 불리고 뼈 붙은 고기를 삶고, 전날 밤에 미리 준비해두어야 하는 복잡한 요리도 많다.

과테말라 가정 요리는 축하할 일이 있을 때 꼭 먹는 페피안처럼, 토마토와 양파를 양껏 사용해서 푹 삶은 요리가 많다. 페피안은 다양한 채소, 향신료와 호박씨에, 과테말라의 특산물로 커피와 비밀리에 어깨를 나란히 하는 참깨 따위를 루roux로 만들어 고기와 함께 삶은 요리다. 루를 만들려면 믹서를 사용하는데, 이 조리도구는 페피안을 만들 때는 물론이고 거의 매일 등장한다. 토마토를 중심으로 각양각색의 채소와 향신료를 믹서로 갈아서 삶는 것이 가장 전형적인 과테말라 요리의 패턴이었다.

이곳에서는 보통 메인인 고기 요리에 페트라 씨가 가난한 자의 사프란이라고 부르는 아초테라는 씨로 색을 낸 밥을 곁들인다. 동생 부부의 점심은 여기에 몇 접시나 되는 반찬이 추가된다. 마요네즈를 듬뿍 넣은 샐러드, 머랭을 입혀 튀긴 채소, 콩과 옥수수 수프 등. 아무튼 두세 종류의 육감적인 요리가 대야 같은 그릇에 담겨 식탁에 떡하니 자리 잡는다. 모든 요리가 갖춰지면 도우미가 심부름을 나가 갓 구운 토르티

야를 직물에 싸서 가져온다. 토르티야는 다들 알다시피 옥수숫가루로 만든 얇은 빵이다. 이 나라의 주식이다.

페트라 씨가 만든 요리는 정말이지 맛있다. 다른 과테말라 가족의 요리를 먹고 비교해보진 못했지만, 이 근방에서도 페트라 씨의 요리 솜씨는 유명했다. 가끔 레스토랑에서 식사를 해도 동생 집에서 먹는 요리보다 입에 맞는 것을 좀처럼 만나지 못했다.

"만약 일본에서 과테말라 음식점을 내면 대성황일 거예요." 이렇게 칭찬하면 올케는 "그야 당연하죠!"라며 가슴을 쫙 폈다. 요리에 한해서는 아무리 절찬을 퍼부어도 자신만만하게 받아내니 믿음직스러웠다.

페트라 씨에게 과테말라 요리를 몇 번 배운 적이 있다. 요리 순서를 상세히 가르쳐주면서 페트라 씨는 "우리 엄마는 나보다 무초, 무초° 요리를 잘했어요"라고 말했다. 페트라 씨는 어머니에게 '맛있는 밥만 만들 수 있으면 인생의 어지간한 문제는 해결할 수 있다'고 요리 지도를 받았다고 한다. 그것은 페트라 씨가 요리하는 모습을 보면 바로 알 수 있다.

○ '대단히', '잘'이라는 뜻.

페트라 씨는 그야말로 섬세하게, 정중하게, 재료를 사랑하며 요리하는 사람이었다. 이곳에서는 일본처럼 똑같은 크기의 채소를 가지런히 모아 팔지 않는다. 들판에서 갓 따온 흙투성이 풀처럼 보이는 채소를 씻는 것만으로도 많은 힘이 필요하다.

페트라 씨는 아주 조심스러운 손길로 좋은 재료를 하나하나 골라 정성껏 씻었다. 습기 찬 소금이나 향신료는 쓰기 전에 일일이 프라이팬으로 볶았다.

어느 날, 평소에는 잘 보여주지 않는 진지한 표정으로 손가락을 핥으며 간을 보던 페트라 씨가 이렇게 말했다.

"내 남편은 행복한 사람이야. 나는 그이가 먹고 싶은 거라면 뭐든지 만들 수 있으니까요."

그렇게 좋아하는 장어구이와 버섯 된장국을 먹지 못해도 동생이 여기에 있는 이유를 또 하나 이해할 수 있었다.

열량 따위 전혀 고려하지 않고 만든 호화로운 진수성찬을 해치우고 마지막으로 달고 달고 그저 단 디저트를 먹은 후, 다 같이 느긋하게 담배를 피웠다. 그런데 다음 과정이 일본 가정과는 결정적으로 달랐다. 지저분한 접시, 먹다 남은 요리를 치우지도 않고 즉각 "안녕히 주무세요"인 것이다. 시에스타다. 이 나라 사람들이 가장 중요하게 여기는 공적인 낮잠 시간이다. 점심을 다 먹으면 그들은 촌각을 다투며 침대로 뛰어간다.

점심때 먹다 남은 것은 조금 손을 보아 저녁 식사로 변신한다. 이곳의 저녁은 일본의 점심처럼 간단하게 먹는 경우가 대부분이다. 그래서 점심까지 하루의 가장 중요한 일을 마친 전업주부들은 오후 시간을 마음 편히 느긋하게 보낸다. 오후가 되면 택시 운전사가 드라이브하는 셈으로 나온 아내를 조수석에 태우고 달리는 모습도 때때로 볼 수 있다.

페트라 씨도 동생도 매일 오후 수업이 시작하기 전까지 낮잠을 충분히 잤다. 페트라 씨는 수업이 없는 날이면 저녁까지 2층 침실에서 내려오지 않을 때도 있었다. 시에스타 때만 그런 것이 아니고, 아침이든 밤이든 식사를 마치면 일단 자러 가는 것 같았다.

그러면서 요즘 들어 불면증이라고 투덜대며 밤늦게까지 거실에 앉아 수다를 떨고 카드 점을 치고 케이블 텔레비전으로 영화를 본다. 페트라 씨가 말하는 불면증의 정의를 이해하지 못하겠다.

한마디로 눈꺼풀이 무거워지면 그대로 감고 눕는다. 몇 시가 됐든. 이곳 사람들은 그런 생활에 한 점 부끄러움도 느끼지 않았다. 부끄러움은커녕 그렇게 할 수 있어서 행복하다고 말하는 듯한 자유분방함이 있었다.

　한순간도 쉬지 않고 일한 어머니의 뒷모습을 보며 자란 나는 이런 분방함이 어쩐지 두려웠다. 이게 게으름뱅이와 뭐가 다를까. 일하는 것이 훌륭한 나라와 쉬는 것이 훌륭한 나라. 내가 그 차이를 받아들이기에는 아직 이 나라에 머문 나날이 적었다.

　멈추지 않는 어머니는 오랜 근속 피로로 허리가 굽고 다리가 제대로 움직이지 않게 되었다. 그런데도 멈추지 않고 예전의 몇 배나 되는 시간을 들여 집안일을 하느라 하루가 다 간다.

　부탁이니까 좀 쉬어요. 피곤하면 주저하지 말고 누우면 돼요. 하루에 한 시간이라도 좋으니까 멍하니 텔레비전을 좀 봐요. 아무리 부탁해도 이 옛 시대 주부의 근성은 그 굽은 허리만큼이나 고칠 수가 없다.

참새 눈물 같은
돈을
모으니

　로댕이 만든 그 유명한 조각상에 '생각하는 사람'이라고 이름을 붙인 사람은 참 똑똑한 것 같다. 근육을 그렇게 불끈불끈 드러내고 생각에 잠기진 않겠지만, 그 포즈에는 확실히 사람을 가만히 생각하게 하는 힘이 있다. 조금 답답한 자세이긴 해도, 그 자세를 취하면 시선이 내면을 향해서 머릿속에 두서없는 생각이 떠올랐다가 사라진다.

　내가 그런 경험을 하는 것은 대체로 화장실에 있을 때다. 서양식 변기에 엉덩이를 대면 나는 반드시 그 포즈가 된다. 필연적으로 볼일을 보며 생각에 잠긴다. 게다가 문을 꽉 잠그면 그곳은 완전히 개별적인 세계다. 사색하기 아주 좋은

밀실. 화장실은 내게 완벽한 꿈의 궁전이다.

안타깝게도 과테말라 화장실은 내 꿈의 궁전이 되지 못했다. 이 나라의 화장실 사정은 멍하니 넋 놓고 생각하기에 절대로 적합하지 않다.

하수도를 일본 같은 형태로 갖추지 못한 나라에서는 흔한 이야기인데, 여기도 휴지를 변기에 넣어 흘려보내지 않는다. 볼일을 마친 휴지를 앞에 있는 쓰레기통에 버려야 한다. 레스토랑 화장실이든 어디든 똑같다.

그 문화에 익숙하지 않은 사람에게 다 쓴 휴지를 남의 시선이 닿는 곳에 버리는 것은 갈아입은 속옷을 탈의실에 두고 오는 것처럼 부끄러운 일이다. 아무리 각오를 하려고 해도 나는 일을 마치고 휴지를 쓰레기통에 휙 넣는 이 일련의 동작에 도무지 익숙해지지 못했다. 가만히 생각에 빠져 있다가 무심코, 평소 습관대로 변기에 넣고 만다. 겨우 한 장쯤이야, 일본인이라면 그렇게 생각할 것이다. 그런데 이 방심이 끔찍한 사건을 일으키게 될 줄은 나는 몰랐다.

안티과 중심부에 있는 동생 집에서는 밤 10시가 지나면 수도에서 서서히 물이 나오지 않는다. 물 절약을 위해 마을 전체의 물이 끊긴다. 그래서 목욕도 화장실 볼일도 최대한 그 시간이 되기 전에 끝내야 한다. 밤놀이에 정신을 팔 여유가 없다.

도착하고 얼마 지나지 않았을 때였다. 하필 물이 적게 나오는 시간에 내 방 화장실이 막히기 시작했다. 나는 당황해서 커다란 대야에 물을 받아 여러 차례 있는 힘껏 쏟아부었다. 그러나 수량이 불어나기만 했다. 넘칠 듯한 물 속에서 큰 것, 이 나라 말로 부르면 '포포'가 즐거운 표정으로 빙글빙글 회전했다.

낮에 한 번, 겨우 딱 한 번, 평소처럼 생각에 잠겨 휴지를 변기 안에 버린 것이 실수였나 보다. 주저하며 동생에게 고백하자, 동생은 익숙하다는 듯이 가게에 가서 아이스크림 파인트 컵 정도 크기의 가루약을 가져왔다. 제품명을 읽지 못했는데, 용기에 이상하게도 해골 마크가 인쇄되어 있었다. 막힌 파이프를 뚫어주는 약일까. 아무리 봐도 보통 물건이 아니다. 내 실수는 내가 처리하겠다고 호언장담한 이상 어쩔 수 없어서, 나는 엉거주춤하게 서서 그 정체 모를 약품을 변기 안으로 던졌다.

슈아아아아아. 콜라에 멘토스를 던진 것처럼 변기 물이 무섭게 화학반응을 일으켰다. 가루가 물에 녹자마자 어마어마한 연기와 살면서 한 번도 맡아본 적 없는 종류의 강렬한 악취가 났다. 내 포포는 보기에도 무참하게 녹아 갈색 거품이 되어 부글부글 끓었다. 변기는 뚫리기는커녕 더 최악의 상태가 되고 말았다.

그보다 이 냄새! 코를 지나 목 저 깊은 곳까지 직격하는 무시무시한 파괴력이었다. 인간이란 상상을 초월하는 악취와 만나면 웃음이 나오나 보다. 나는 숨이 퍽퍽 막히는데도 울고 웃으며, 시큰한 눈에서 눈물을 줄줄 흘리면서 화장실을 뛰쳐나왔다.

소동을 깨닫고 온 페트라 씨도, 점원도, 다들 냄새에 당해 웃음을 터뜨렸다. 남동생도 내 알 바 아니라는 듯이 히죽히죽 웃으며 이번에는 어디선가 5백 밀리리터쯤 되는 페트병을 들고 왔다. 역시 해골 마크가 커다랗게 붙어 있었다. 검푸른 색깔의 수상한 액체. 불길한 예감이 들었다.

두 번째는 만반의 대비를 했다. 비행기 기내의 건조함을 피하려고 가지고 다니는 마스크를 쓰고 마침 트렁크에 들어 있던 일회용 비닐장갑으로 무장한 나는 화장실로 돌진했다.

펑! 이게 무슨 일이야. 만화에서나 나오는 것 같은 소리를 내며 화장실이 폭발했다. 소형 버섯구름이 피어오르며 갈색 거품이 튀었다. 만약 장갑을 끼지 않았다면 나는 끓어오르는 포포색 물에 화상을 입었을 것이다. 그런데 변기는 여전히 부글부글 지옥의 가마니처럼 끓으며 솟구쳤다. 나는 해골 액체를 절반쯤 들이붓고 재빨리 화장실에서 도망쳤다.

　결국, 두 번에 걸친 극약 처방에도 불구하고 변기가 뚫리지 않아 화장지 딱 한 장으로 벌어진 참극은 다음 날 아침 일을 돕는 도우미가 올 때까지 해결을 미루게 되었다.

　일단 뒤로 미루기로 하고 거실로 가보니, 여기저기 놓인 관엽식물에서 가느다란 연기가 피어오르고 있었다. 일본에서 가져온 연기가 적은 선향이 방 안의 화분들에 드문드문 꽂혀 있었다. 강렬한 이국의 향 대신에 그윽한 일본의 향이 났다. 유일한 선물이 이런 상황에서 활약할 줄은 꿈에도 몰랐다.

　그건 그렇고 순식간에 화장실을 지옥으로 만든 그 약의 정체는 무엇일까.

　"가루는 수산화나트륨일 텐데 액체는 모르겠어. 아마 염산이나 황산 같은 거 아닐까?"

　눈이 휘둥그레졌다. 그런 극약을 뭔지도 모르고 다뤘다는 사실에. 그게 평범하게 팔린다는 사실에. 그리고 그걸 하수로 흘려보낸다는 사실에. 일본인이 종종 휴지로 변기를 막아서 동생 집에서는 이 해골 극약을 상비하고 있었다.

다음 날 아침에 온 도우미, 목수 수습생인 다니엘은 불쌍하게도 아침부터 냄새나는 일을 맡게 되었다. 나는 아무리 도우미라고 해도 내 포포가 그 난리를 친 다음을 그 사람 한 명에게 떠맡기는 것을 견딜 수 없었다. "그 사람 일이니까"라는 동생의 말을 따라 조금은 떨떠름한 채로 멀리서 상황을 지켜보았다.

한참 후, "뚫렸다, 뚫렸어!"라고 생글생글 웃으며 화장실에서 나온 다니엘의 손에는 텅 빈 그 액체 병이 세 병이나 들려 있었다.

그 밤을 기점으로 나는 화장실에 들어가는 것이 완전히 무서워졌다. 그러나 아무리 조심해도 변기에 앉으면 자연히 '생각하는 사람'이 된다.

무심코 휴지를 변기에 떨어뜨리면 전광석화의 속도로 손을 넣어 가라앉는 휴지 끄트머리를 잡아 쓰레기통에 던졌다. 손을 물에 담그지 않고 휴지를 건지려면 순간적인 판단과 매처럼 잽싼 움직임이 필요하다. 과테말라에 있는 동안, 대체 몇 번이나 변기에서 휴지를 건졌던지. 귀국하고 한동안은 이 트라우마에 시달려 변기에 휴지를 버린 뒤에 몇 번이나 등줄기에 소름이 쫙 돋았다.

이런 특수한 재주를 얻은 후에도 도저히 익숙해지지 않는 이 나라의 습관은 여전히 몇 가지 있었다. 하나는 거리에 쓰레기를 그냥 버리는 것이다.

과테말라 사람들은 정말 아무렇지 않게 길에 쓰레기를 버린다. 버스 차창 밖으로도 과일 껍질이나 빈 캔을 휙 던진다. 그런데 신기하게도 거리는 늘 깔끔하게 유지된다. 안티과는 경관 보호지역이니까 유난히 그런지도 모르는데, 듣자 하니 어디선가 청소 전문가가 나타나 쓰레기를 줍는다고 한다.

특히 페트병이나 병, 캔은 모으면 돈으로 바꿀 수 있어서 아무리 던져도 누군가가 솔선해서 주워간다고 한다. 실제로 이 마을에는 그런 종류의 쓰레기가 잘 보이지 않는다. 담배 꽁초도 마찬가지다. 그러나 그런 설명을 들어도 페트병이나 담배를 길바닥에 버리는 것에는 아무래도 저항이 느껴졌다.

애초에 이 나라에는 쓰레기를 분별 배출하는 시스템이 없다. 페트병도 가연성 쓰레기도 화장실 휴지와 함께 쓰레기통에 버린다. 이것 역시 도쿄에 사는 나를 참 불안하게 했다.

전에 살던 맨션에서 가연성 쓰레기봉지에 "비닐이 섞여 있습니다"라는 쪽지가 붙어서 돌아온 적이 있었다. 근처에 사는 사람이 봉지를 뒤져서 불가연성 쓰레기 약간과 내 이름이 적힌 종이를 발견한 것이다. 드라마에서 그런 역을 한 적은 있어도 당한 것은 처음이었다. 그 이후로 쓰레기 분별에 다소 신경질적으로 반응하게 되었는지도 모른다.

시장 뒤쪽의 안티과 쓰레기 집하장은 벽돌 벽에 둘러싸인 운동장 같은 그냥 광장이다. 가정에서 모인 각종 쓰레기들이 그냥 지면에 흩어져 있다.

쓰레기 광장에는 언제나 주부나 아이들, 아저씨들이 모여 제각각 일하고 있다. 필리핀의 스모키 마운틴°처럼 거대하진 않아도 이곳에도 쓰레기에 섞인, 돈으로 바꿀 수 있는 페트병이나 캔, 금속 조각 등을 줍는 전문가가 있다. 아직 입을 수 있는 옷, 해체해서 쓸 수 있는 전자제품. 물론 거기에는 화장실 휴지도 버려져 있다. 그들은 그중에서 자기만의 보물을 찾고 있다.

안티과 번화가에서 장신구 가게를 운영하는 사토 씨의 부인과 시장에 갔다가 쓰레기장을 지나면서 어쩌다 보니 쓰레기에 관한 이야기를 나누었다. 내가 이 나라 쓰레기 배출 시스템에는 도무지 익숙해지지 않는다고 말하자, 아이를 키우

○ 필리핀 마닐라의 쓰레기장을 부르는 별칭. 그 주변을 둘러싸고 형성된 슬럼까지
　　포함해서 이렇게 부르기도 한다.

는 이 늠름한 어머니는 새로운 관점의 답을 들려주었다.

 "분리해서 버리면 이 사람들의 일이 사라진다고 생각할
수도 있어요."

 물론 이 나라 사람들이 길에 쓰레기를 버리는 것이 줍는
사람을 배려해서는 아니다. 그냥 칠칠치 못할 뿐이다. 쓰레
기를 고르는 사람을 위해서 분리하지 않는 것도 아니다. 나
라가 거기까지 손이 미치지 못한다. 그래도 그 생각은 일본
의 생활방식을 당연하게 여긴 내게 아주 조금, 새로운 바람
을 느끼게 해주었다.

 그렇게 생각하면 내가 동생 집에서 화장실 휴지와의 옥신
각신 이상으로 어려웠던 도우미와의 관계에서도 방향을 찾
을 수 있을지 모른다. 타인을 부리는 것에 익숙하지 않은 나
는 이 집의 도우미 시스템에 영 적응하지 못했다.

 동생 집에는 다니엘과 가사 전반을 담당하는 에렐이라는
여자가 한 명 더 있다. 도우미를 둘이나 쓴다고 하면 무슨 대
부호 같은데, 동생은 절대 부자가 아니다. 안티과에서는 중
류층에 속한다.

 물론 이 나라도 빈부 격차가 몹시 심각한데 이 집이 도우
미를 쓰는 사정은 부자가 메이드를 고용하는 감각과 조금 취
지가 달랐다. 돈에 조금이라도 여유가 있으면 모으지 않고

사람에게 쓴다. 부탁할 일이 조금이라도 있으면 쌓아두지 않고 다른 사람에게 맡기는 것이다. 동생 가족은 적은 돈과 적은 일을 주변 사람들과 함께 나누어 돕고 사는 것 같았다.

13년 전에는 출퇴근하는 도우미 이외에 저녁 식사 후에 설거지를 담당하는 사람, 세탁물을 다리미질하는 사람도 출입했을 정도다. 페트라 씨도 참새 눈물 같은 돈을 모으느니 도우미에게 맡기고 낮잠을 자는 편이 더 좋을 것이다.

안티과의 쓰레기 산 옆에서 들은 말 한마디로 나는 이 나라에서 생활하는 요령을 또 하나 파악한 기분이었다. 사실 말은 이렇게 해도 화장실 쓰레기통의 내용물을 에렐에게 보이는 것은 여전히 부끄러운 나다.

전생을
돌아보는
투어

내 전생에는 두 가지 설이 있다.

하나는, 아프리카에서 사냥하다가 치타에게 잡아먹힌 원주민. 지나가는 길에 어쩌다 들어간 힐링 마사지 가게에서 내 얼굴이 수정구라도 되는 듯이 살펴보더니 힐러 선생님이 말했다. 내 현생의 괴로움은 그때 느낀 아픔이 발단이라고 한다.

또 한 가지 설도 우연한 만남에서 들었다. 레스토랑에서 옆에 앉은 점술가가 갑자기 "당신 뒤로 높은 산이 보이네요"라고 말했다. 들어보니, 거기는 안데스나 그 비슷한 산으로, 선명한 민족의상을 입고 햇볕에 잘 그을린 내가 보였단다. 내가 몸을 쑥 내밀고, "그거, 남동생이 중미에 사는 것과 뭔가 관계가 있을까요?"라고 묻자, 그 점술가는 귀신의 머리라도 벤 듯이 기고만장해져서 고개를 끄덕였다. 그리고 엄숙한 목소리를 더욱 낮춰서 "당신을 부르고 있네요"라고 속삭였다.

13년 전, 내가 불린 곳은 안데스와는 조금 거리가 떨어진 과테말라의 산중이었다. 높은 산들에 둘러싸였고 스페인인들이 침략한 고대 문명이 있던 장소인 것은 뭐, 맞긴 하다. 선주민의 의상 역시 색이 아주 화려하다. 비슷한 풍습인지도 모른다. 그런데 처음 동생을 찾아 이곳에 방문했을 때, 나는 고산병임에 분명한 증상에 시달렸다.

밤에 자려고 누우면 기관지가 막혀서 숨을 쉴 수 없었다. 도착하고 한동안 벽에 기대어 앉은 채로 잤다. 긴 여행과 시차만으로도 지쳤는데 몸을 누일 수 없는 고통은 지옥살이에 가까웠다. 익숙해질 때까지 수면 부족과 두통과 싸워야 했다. 겨우 표고 1,500미터에서. 아무리 생각해도 평균 표고 3,500미터, 콘도르가 날아다니는 안데스 산중에서 전생을 살았을 것 같지 않다.

게다가 이 고산병 의심 증상이 진정된다 싶더니 다음에는 아메바의 습격을 받아 나는 설사를 하며 엉망진창이 되어 귀국했다. 참으로 가혹한 동생 만나기 프로젝트였다. 일부러 불렀으면서 전생은 무엇 하나 나를 환영해주지 않았다.

13년 전에는 전생이 틀렸음을 증명해주는 여행도 했다. 동생과 고대 마야 유적에 다녀왔다.

티칼은 저지대 정글에 있는 과테말라를 대표하는 마야 유적이다. 당시까지만 해도 동생은 과테말라 정부가 공인한 유일한 일본인 가이드였다. 스페인어 학교의 전속이 되기 전에 동생은 통역과 여행 코디네이터로 일하며 과테말라 전역을 돌아다녔다. 동생이 〈세계의 차창에서〉°와 일했을 때, 밤마다 눈에 핏줄을 세우고 텔레비전을 보던 아버지가 화면에 대고 "얼빠진 놈. 화면에 좀 나오란 말이다!"라고 외친 것이 떠오른다.

그런 전문가의 안내를 받아 과테말라시티에서 프로펠러기로 1시간, 봐야 할 곳만 추려서 당일치기 관광을 강행하기로 했다. 태어나서 처음 하는 남매의 여행이었다.

공항이나 관광지에 가면 동생의 동료를 하나둘 만났다. 가이드나 투어 컨덕터로 보이는 사람들은 서로 다 알고 지내

○ 1987년 6월 1일에 시작되어 지금까지 방송되고 있는 일본의 여행 방송.

는 것 같았다. 덕분에 우리는 비행기 이외의 이동을 전부 그들이 이끄는 셔틀버스나 단체 투어하는 왜건 차 조수석 등에 편승할 수 있었다. 좁은 좌석에 나란히 앉으면 동생에게서 외국인 냄새가 났다.

같은 초등학교에 다녔을 때는 나보다 친구가 많은 편은 아니었는데, 동생은 이 나라와 성정이 참 잘 맞나 보다. 가는 곳마다 동생의 이름이 불렸고, 그때마다 나는 "엘마나", 즉 누나라고 소개되었다.

살아 있는 동안 두 번 다시 만날 일 없을 사람들과 몇 번이나 "무초 구스토(안녕하세요)"라고 인사하며, 악수하고 끌어안고 등을 두드렸다. 그들 모두 동생과 똑같은 냄새가 났다.

동생이 그들과 무언가 정보를 교환하는 동안, 나는 그저 대기해야 했다. 무슨 이야기를 하는지 알 길이 없는 대화가 끝날 때까지 가만히 뒤에 물러서서 기다릴 수밖에 없었다. 안전을 위해 돈이나 여권은 전부 동생의 복대에 넣어두었으니 쇼핑이라도 하러 어슬렁거리지도 못한다. 꼭 사고 싶은 물건이 있으면 동생에게 부탁해서 산다. 식사할 때도 먹고 싶은 것을 가리켜서 주문해달라고 한다. 어른 손을 꼭 붙잡고 걷는 어린아이 같은 상황이었다. 동전을 갖고 있더라도 동생과 떨어지면 스페인어를 전혀 하지 못하는 나는 전화 한

통도 걸지 못했다.

아주 어렸을 때, 동생에게 "형이면 좋았을 텐데"라는 말을 들은 적이 있다. 그 이후로 나는 형으로서 군림할 생각이었는데, 여기에 와서는 입장이 완전히 뒤바뀌었다.

그때 어린 마음에 나는 형이 되어주기로 했다. 이후로 사내아이의 놀이를 전부 섭렵했다. 야구를 가르치고 칼싸움에 어울리고, 바비와 태미 인형은 봉인하고 괴수들로 인형 놀이를 했다. 자전거 타는 법도, 스케이트 타는 법도, 운동회 순위도 형으로서 동생보다 못하는 것이 있어선 안 됐다. 그러나 어느 날, 잊지도 않는다, 캐치볼을 하던 중에 동생이 또 나를 가리키며 이상한 한마디를 던졌다.

"왜 가슴이 부풀어?"

눈앞이 캄캄해졌다. 초등학교 고학년쯤 되면 여자아이는 부풀 곳이 부푼다. 씨름을 해도 어린 동생에게 이기지 못한다. 나의 경우 성적도 체력도, 자꾸만 뒤처지는 것들이 늘어났다. 아마 그때부터 동생과 어울리지 않았던 것 같다.

그리고 십수 년 후, 나는 동생 집에 머무르며 올케의 돌봄을 받고, 이렇게 목이 마르니까 주스를 사달라고 부탁하고 있다. 형은커녕 누나도 아닌 것 같다.

열대우림 지대는 고지인 안티과와 같은 나라이긴 한지 의심스러울 정도로 바람의 습도가 높았다. 공기도 햇빛도 묵직하니, 열대의 강력함이 가득하다. 동생은 이쪽에 해박한지 단체 투어가 가는 길에서 벗어나 시원한 응달 지름길을 골랐다. 인기가 없는 관광지를 잘 피해 샛길로 빠져 과테말라의 희귀한 수목이나 타란툴라의 소굴을 건드리며 적은 말수로나마 설명해주었다.

땀이 뻘뻘 나는 정글을 빠져나오자마자 나타난 피라미드는 장관이었다. 사다리꼴 피라미드 가운데에 설치된 계단은 멀리서는 신사의 돌계단처럼 보이는데 다가가서 올려다보니 계단이라고 부를 것이 아니었다. 절벽이었다. 그 너머에는 관광객이 수도 없이 떨어져서 죽었다는 재규어 신전이 우뚝 서 있다. 우리는 거미처럼 절벽에 달라붙었다.

비틀거리며 정상에 도착해 이미 근육통이 생기기 시작한 팔다리를 늘어뜨리고 한참 쉬었다. 여기는 그 옛날에 마야의 사제와 왕들이 제물을 바치고 연설을 한 곳이다. 이 유적은 확성기를 쓰지 않아도 광대한 건물군群에 목소리가 전달되도록 설계되었다고 한다. 돌로 만든 것도 그래서다. 티칼에는 '목소리의 마을'이라는 의미가 있다.

그렇다면 어디, 하고 귀를 기울여보았지만 내게는 전생의 목소리 따위는 들리지 않았다. 고산병도 그렇고 말이 안 통하는 것도 그렇고, 내 전생은 이 땅과 아무 관계도 없는 것 같다. 내가 그런 소리를 중얼거리자 동생은 "당연하지. 누나는 여기까지 오는 길도 몰랐잖아?"라고 이상한 소리를 했다.

가이드 시절에 동생은 일본에서 온 '전생을 돌아보는 투어' 참가자들을 이곳 티칼로 안내한 적이 있다고 했다.

"자기들 내키는 대로 돌아다녀서 곤란했지만 전생이라 다 알고 있다고 하니까 편하더라."

동생은 늘 그렇듯이 집착 없는 말투로 말했다. 신비한 스폿이 많은 과테말라에는 그런 이상야릇한 여행자가 수두룩하다고 한다. 하지만 내가 보기에는 동생이야말로 그 이상함의 정점에 선 것처럼 보였다.

관광지라곤 해도 접근성이 좋지 않은 벽지에 있는 이 유적에는 사람이 드물었고, 정비가 되어 있긴 해도 어딘가 방치한 분위기가 났다. 그중에서도 4호 신전은 아직 반쯤 땅에 묻힌 상태다. 그래도 이곳을 보지 않고서는 티칼을 논할 수 없다. 우리는 점점 어두워지는 하늘을 노려보며 티칼 최고의 전망을 보기 위해 진흙 절벽을 기어 올라갔다.

도중에 내리기 시작한 스콜은 정상에 도착할 때쯤에 본격적으로 쏟아졌다. 비 맞은 생쥐 꼴이 되어 신전 석실로 뛰어

들어갔다. 이렇게 비가 내리는데 우리는 이 절벽을 어떻게 내려가야 하나. 그래도 그 높이에서 본 경치는 앞으로의 일을 깡그리 잊게 해주었다.

끝이 보이지 않는 정글. 그 사이사이 솟구친 성스러운 돌 신전. 비행기에서 보는 운해처럼 짙은 녹음이 넘실넘실 구불거렸다. 쏟아지는 비로 흐릿한 지평선까지, 전부 다 두꺼운 숲, 숲, 숲이다. 압권이었다. 나는 한참이나 입을 벌린 채, 밀림의 제왕이 된 기분으로 경치를 맛보았다.

이 신전은 뉴욕에 마천루가 생기기 전까지 아메리카 대륙에서 가장 높은 건물이었다고 한다. 정상의 석실 안에서 외국인 여행자 한 그룹과 경비 한 명이 비가 그치기를 가만히 기다리고 있었다. 저 아래 정글에서 들어본 적 없는 짐승의 포효와 새소리가 멀어졌다 가까워졌다 하며 들렸다. 원숭이가 짖는 소리라고 했다. 석실 안은 세상과 동떨어진 것처럼 조용했다. 지구 끝에 온 듯했다. 우리는 석실 한구석에 앉아 절정의 경치를 바라보며 나란히 담배를 피웠다.

사실 우리는 이 경치를 전에 한 번 본 적이 있다. 아주 예전에. 유적 정상에서 내려다보이는 초록별의 경치를 틀림없이.

이 사실을 꽤 나중에서야 알았다. 미리 말하는데 전생 이야기가 아니다. 중학생 시절의 이야기다. 당시 우리 동네 오모리에도 작은 영화관이 몇 군데 있었고 우리 가족도 평이 괜찮은 영화를 한다고 하면 가끔 다 같이 몰려갔다.

중학생이 된 후부터 나는 혼자 영화관에 다녔는데 그 영화만큼은 무슨 까닭에선지 부모님과 같이 갔다. 사이가 안 좋은 동생도 함께였다. 그다지 크지 않은 스크린이었지만, 역 뒤편의 스산하고 평범한 거리에서 미래 우주를 본다는 것이 어린 그때의 생각에도 영 어울리지 않아서 오히려 가슴이 뛰었던 기억이 있다.

그때 본 영화는 제일 첫 번째로 만들어진 〈스타워즈〉, 바로 〈스타워즈 에피소드 4〉이다. 그 영화에 티칼의 이 4호 신전에서 보는 풍경이 나온다. 미래의 어떤 행성의 풍경으로. 밀레니엄 팔콘이 이 숲 위를 날아간 셈이다.

그것이 일가족이 함께 영화를 보러 간 마지막 기억이다. 그 무렵에 동생은 음악에 빠졌고 나는 영화에 몰두해서, 대화라곤 전혀 나누지 않은 채 십대와 이십대를 보냈다.

그로부터 십수 년의 세월이 지나 우리는 당시 보았던 영화에 나온 것과 같은 풍경을, 그런 줄도 까맣게 모르고 바라보았다. 형이고자 했던 누나는 영화를 좋아하다 못해 배우가 되었고, 음악을 좋아한 동생은 라틴 음악을 찾아 여행을 떠난 끝에 과테말라 사람이 되었다. 그리고 이 세계에서 버려진 듯한 천 년 전 유적 위에서 우리는 비가 그치기를 기다리며 말없이 담배를 몇 대나 태웠다.

마스 오 메노스, 마스 오 메노스
포코 아 포코, 포코 아 포코

스페인어를 배워보기로 했다. 물론 동생 학교에서. 안티과
의 스페인어 학교의 수업은 대부분 일주일 단위인데, 나는
혈육의 정을 이용해 사흘간 특별 입학을 허가받았다. 매일
노트와 몇 권씩 되는 사전을 옆구리에 끼고 공부하러 오는
학생들을 보니까 조금 부러워졌다. 학창 시절에는 공부나 학
교와 연관된 것은 전부 싫어했으면서 졸업한 뒤에는 갑자기
그리워한다. 참 청개구리 성격이다.

부끄럽지만 영어 학교라면 여기저기 다녀보았다. 10년 전
에 아시아 6개국 사람들과 함께 연극을 한 이후로. 연출가가
싱가포르 사람이어서 동료들과 나누는 기본 언어가 영어였

다. 땡큐, 쏘리, 익스큐즈미, 이렇게 세 마디만 할 줄 아는 상태로 혼자 싱가포르의 연습실에 가게 되었다. 통역가가 당연히 붙긴 했지만, 공식적인 일을 할 때만이었다.

비공식 활동, 바로 연습 뒤의 밤놀이에도 역시나 정력적이었던 나로서는 가장 중요한 순간에 통역이 없는 상태였다. 싱가포르는 물론이고 태국이나 말레이시아, 인도네시아와 중국 친구들이 매일 밤 파티에 초대해주면 식은땀을 흘리며 조금씩 할 줄 아는 말을 늘려갔다.

스파르타식 밤놀이의 성과로 2개월 후 마지막 공연지인 후쿠오카에서 내 영어 실력은 그들을 포장마차, 술집, 클럽에 데리고 갈 정도로는 발전했다. 돼지고기를 먹지 못하는 이슬람교도나 철저한 채식주의자가 뒤섞인 단체를 이끌고 돈코츠 라면이나 소 내장 따위를 파는 포장마차를 만끽하게 하는 것은 당연히 쉽지 않았다. 그래도 나는 아는 단어를 총동원해서 싱가포르에서 누린 나이트라이프의 빚을 하카타의 밤으로 갚았다.

그때부터 햇수로 3년, 이 프로젝트가 세계 투어를 나서게 된 덕분에 나는 처음으로 영어 학교의 문을 두드렸다. 동네의 맨투맨 학교에도 다녔다. 유명한 학교의 하기 강습에도 다녔다. 개인적인 일로 뉴욕에 2개월 동안 머물렀을 때는 시간을 내서 시내의 영어 학교라는 영어 학교를 전부 견학하기도 했다.

전 세계에서 어학을 배우려는 사람이 모여드는 뉴욕의 학교는 보통 하루 체험 입학이나 며칠간 시험 삼아 들어보는 예비 코스가 있다. 나는 그런 시스템을 이용해서 어학 마스터가 목적이라기보다 학교 견학을 즐긴 쪽에 가깝다. 자유의 여신상 크루즈나 브로드웨이 극장 순례보다 이곳의 진짜 얼굴을 엿보는 최고의 관광 코스처럼 여겨졌다.

가이드북이나 유학 전문지에 실리는 유명한 학교는 일본인이 많고 또 젊은 학생들뿐이다. 그것도 나름대로 즐겁지만, 일본인을 앞에 두고 영어로 말하는 것도 쑥스럽다. 내가 배우인 줄 알면 판에 박힌 듯이 "할리우드를 노리시나요?"라고 묻는 것도 지겨웠다. 교사까지도 "슈워제네거를 봐요. 안토니오 반데라스도요. 그들도 처음에는 영어를 한마디도 못했어요"라며 어깨를 두드리러 온다. 지금 무슨 할리우드야. 그 사람들에게 이렇게 화를 내기 전에 아시아 친구들과 연극을 하는데 왜 굳이 영어인지, 이걸 먼저 생각해야 하겠지.

전화번호부와 동네 게시판을 뒤져 일부러 도시에서 떨어

진 소규모 영어 학교를 찾아갔다. 그런 곳은 일본인이 적다. 내 정체를 아는 사람도 없다.

10년, 20년이나 뉴욕에서 살면서 영어 실력은 나와 도토리 키 재기인 베트남 이민자 아줌마, 차이나타운의 요리사들과 책상을 나란히 했다. 수업 사이사이 엉망진창인 영어로 그들이 말하는 고생담을 귀 기울여 듣는 것이 즐거웠다.

쏟아지는 총탄 비를 헤치며 보트 바닥에 엎드려 고국을 탈출한 이야기. 이 수단 저 수단을 써서 불법 입국을 반복하는 동포들의 이야기. 영화나 연극보다 훨씬 극적인 실화에는 박력이 넘쳤다. 그 대신에 수업은 쉬, 허, 허, 히, 히즈, 힘 단계부터 시작해야 한다. 뉴욕은 영문법을 전혀 몰라도 살 수 있는 곳임을 이때 깨달았다.

중국어권 유학생만 있는 학교에도 가보았다. 리오라고 불리는 대만 출신 피아니스트 지망생과 친구가 되어서 종종 브라질 거리와 중화 거리를 돌아다녔다. 이모李某라는 이름인 줄 알았는데, "아니야, 아니야. 레오! 레오나르도 디카프리오 몰라?"라고 그는 주장했다. 디카프리오가 알면 고소할지도 모를, 안경잡이 동양인이었다.

그는 열두 살 때부터 부모 곁을 떠나 유럽 각국에서 피아노를 배웠다. 영어는 자기가 할 줄 아는 네 번째 언어라고 자랑하며, 다국어를 배우는 요령을 이제 막 배운 영어를 써서 필사적으로 해설해주었다.

"여기가 내 최종 목적지!"

카네기홀 앞에서 대만인 레오나르도는 자랑스럽게 건물을 가리켰다.

아마도 물장사를 하는 것 같은 히스패닉 사람들만 있는 교실에도 다녔다. 그 여성들이 자주 쉬어서 때때로 학생은 나 혼자였다. 그러면 교사도 가르칠 의욕이 안 생기는지, M과 N, L과 R의 발음 차이를 알려주는 비디오를 하루 내내 틀어주기도 했다. 그 덕분에 싱가포르 친구들이 툭하면 놀리던 내 'Really?'의 올바른 발음을 처음으로 알게 되었다. 친구들은 틀린 발음이 얼마나 매력적이었는지 모른다면서 나아진 내 발음을 아쉬워했다.

지금도 나는 외국 여행을 원활하게 하려고 시간이 있으면 역 앞 학원에 공부하러 가거나 영어를 잘하는 친구를 만나는 등 다양한 방법을 써서 공부하고 있다. 그렇게 하는데도 여전히 내 영어는 제대로 된 문장을 맺지 못한다. 언어중추에 무슨 문제라도 있는 걸까. 나는 밤놀이 영어 회화를 능가하는 학습법을 그때 이후로 아직 만나지 못했다.

어려서부터 자주 듣고 배운 영어가 이러니 지금 스페인어를 시작해도 이렇다 할 성과는 얻지 못할 것이다. 최소한 간단한 인사와 쇼핑만 할 수 있다면 충분하다. 관광 코스로 학생 기분을 맛볼 수 있으면 대만족. 이렇게 낮은 목표로 임한 것이 좋았을지도 모른다. 겨우 사흘간 받은 수업으로 나는 사흘 과정에서 배우는 단어 이상의 것을 배웠다.

잉그리드 선생님은 동생의 스페인어 학교 '아타발'에서 유일한 독신 선생님이다. 이쪽은 마지막 자음을 발음하지 않으니까 그녀의 이름은 잉그리, 잉그리라고 들린다. 일찍 세상을 떠난 부친과 일이라곤 전혀 안 하는 모친을 대신해서 어린 동생들을 키우느라 고생하는 사람이다.

잉그리 선생님은 마치 유치원 선생님처럼 인사말도 모르는 외국인에게 정성껏 스페인어를 가르쳐주었다. ABC부터 배우니까 배우는 쪽도 꼭 유치원 아이가 된 기분이었다. 마흔을 넘어 유아 취급을 받으면 불쾌할 줄 알았는데, 의외로 그렇지 않았다. 최면술을 거는 것 같은 잉그리 선생님의 말투와도 잘 어우러져서 왠지 묘한 기분까지 들기 시작했다.

어쨌든 전혀 들어보지 못한 말을 통째로 외워야 한다. 이론이고 뭐고 없다. 그게 즐거웠다. 스페인어는 발음이 로마자 발음인 것도 즐거웠다. 'información'이 '인포르마시온'인 것처럼. 그럴싸하게 혀를 굴려서 R 발음을 하기만 해도 잉그리 선생님은 "잘했어요, 잘했어! 과테말라 사람 같아!"라고 손뼉을 치며 칭찬해주었다. 나는 신이 나서, 바싹 마른 스펀지가 물을 흡수하는 것처럼 다양한 소리를 익혔다.

한가한 오후 시간을 고른 덕분에 신축한 2층 베란다 공부 공간은 잉그리 선생님과 나 둘만의 것이었다. 한낮에는 시력이 두 배로 좋아졌다고 착각이 들 만큼 눈부신 과테말라의 태양도 오후에는 조금 차분해져서 흐물흐물 녹아내릴 정도로 기분이 좋다. 상쾌한 바람이 부는 야외 수업은 무기질적인 교실에서 배우는 것보다 더 많은 영양분을 주는 것 같다.

동생도 여기에서 시작했을까. 황홀경에 빠져 그런 생각을 했다. 동생도 이 아타발에서, 교장 선생님인 페트라 씨에게 스페인어를 배우면서 모든 것이 시작되었다.

언어 습득은 동기가 불순할수록 능률이 오른다. 여행자가 모이고 스페인어 학교도 많은 안티과가 '사랑의 마을'이라고 불리는 까닭도 그렇다. 아타발에서도 교사와 학생의 연애 소동이 끊이지 않는다.

실제로 인기가 좋은 미겔 선생님은 일본으로 돌아간 아내를 쫓아 이번 가을에 과테말라를 떠난다고 한다. 미겔 선생님의 누나 역시 학생과 결혼해서 일본 도치기현에 살고 있다. 사랑의 마을에는 돌바닥에 깔린 돌의 수만큼이나 그런 이야기가 널렸다.

배우는 입장이면 그 상황을 쉽게 상상할 수 있다. 좋아하는 사람의 입에서 나오는 단어라면 한마디도 놓치지 않고 이해하고 싶다. 한마디라도 많이 전달하고 싶다. 그렇다면 가르치는 입장이라면?

페트라 씨에게 동생은 응애응애 단계부터 원어민 수준인 지금에 이르기까지 직접 자기 손으로 키운 학생이다. 자기 남편이 하는 스페인어는 하나부터 열까지 직접 가르친 말이다. 그건 대체 어떤 기분일까? 동생 부부를 생각하느라 정신이 흐트러진 상태로도 나는 잉그리 선생님을 따라 "이름은?", "깎아주세요"를 반복했다.

술자리 여흥으로 배운 <베사메 무초> 가사에 생각보다 쓸 만한 단어가 많다는 것도 알았다. 감정을 효과적으로 전달하려면 동사보다 형용사를 먼저 배우는 것이 빠르다는 오랜 경험으로 터득한 요령도 사용했다. 동사는 팬터마임으로 표현할 수 있지만, '아름답다'나 '어렵다' 같은 형용사를 몸으로 표현하기는 아무래도 어렵다.

수업 중에 내가 어중간한 대답을 할 때마다 잉그리 선생님이 연발하는 아름다운 스페인어가 있다. 나는 그 말에 완전히 반했다.

"지금 제가 말한 거 맞아요?"

"마스 오 메노스, 마스 오 메노스."

"이렇게 한꺼번에 못 외워요."

"포코 아 포코, 포코 아 포코."

마스 오 메노스는 '뭐, 대충은', 포코 아 포코는 '조금씩 조금씩'이라는 의미다. 일본어로 "조금씩 조금씩" 하고 말하면 차근차근 노력해서 언젠가 목표를 달성하자는 뜻으로 들리는데, "포코 아 포코"라고 하면 터덜터덜 걷다 보면 언젠가 도달한다고 들리니 참 마법 같다. 사전으로 보면 완전히 똑같은 의미인데.

아무리 말도 안 되는 스페인어를 만들어도 잉그리 선생님은 늘 느긋하게, 달래듯이 이 말을 반복했다. 리듬감 좋고 울림이 경쾌하고 가벼운 그 말은 마치 마법의 주문처럼 나를 침착하게 만들어주었다.

"마스 오 메노스, 마스 오 메노스…."

"포코 아 포코, 포코 아 포코…."

어느 나라의 말을 배우더라도, 또 어느 나라에서 살더라도 유용한 주문이다.

떨어지는 남자와
구르는 남자

옆 마을 사우나에 가겠다고 하자 페르난도가 툭툭으로 바래다주었다. 페르난도 가타기리 엘레라. 나의 유일한 조카다.

덩치가 큰 페르난도가 운전대에 앉으니 안 그래도 자그마한 툭툭이 더 비좁은 느낌이었다. 그는 돌바닥이 일정하지 않아 움푹 팬 부분을 능숙하게 피하며 일방통행이 대부분인 골목을 효율적으로 달렸다. 어려서 의사를 꿈꾸며 공부하던 페르난도가 왜 이 삼륜차 운전사가 되었을까. 대단한 방향 전환이다. 눈을 별처럼 반짝이며 의사가 되겠다는 포부를 말했는데.

마지막으로 만났을 때는 가족이 두 번째로 일본에 왔을 때니까 벌써 10년 전의 일이다. 후쿠와라이의 오카메°처럼 귀여성 있는 얼굴은 그대로인데 몸만 거대해졌다. 어린아이인지 어른인지 모르겠다. 이렇게 순박하게 웃는 스무 살은 일본에 없을 것이다.

옆 마을에 도착해 툭툭 요금을 냈다. 거스름돈은 됐다고 하자, 페르난도는 세뱃돈을 받은 아이처럼 입을 헤벌쭉 벌리고 기뻐했다. 그래도 공손하게 돈을 받고 예의를 갖춰 인사하고서 바지 주머니에 찔러 넣는 모습은 완벽한 장사꾼 냄새가 났다. 그도 이제 일하는 어엿한 남자다.

십대의 10년은 무섭다. 눈물 많은 초등학생이던 그가 이제는 유부남이다. 엠마라는 이름의 아내는 체형도 얼굴도 페르난도와 쏙 빼닮았다. 둘이 나란히 있으면 남매로 보인다. 엠마는 맥도날드에서 일한다. 아르바이트 시스템이 없는 이 나라에서 맥도날드 종업원은 도산 가능성이 낮은 우량 기업에서 근무하는 능력자다.

○ 후쿠와라이는 눈을 가린 후 얼굴 윤곽을 그린 종이 위에 이목구비를 오린 종이 쪽지를 적당한 위치에 배치해서 완성된 얼굴의 우스꽝스러운 모습을 즐기는 일본의 전통 정월 놀이다. 오카메는 광대뼈가 나오고 코가 납작한 여자 혹은 그런 얼굴의 탈을 말하는데, 후쿠와라이 때 쓰는 그림이 보통 그런 모양이다.

그러나 페트라 씨도 동생도 페르난도의 결혼을 그다지 달가워하지 않았다. 서둘러 결혼하느라 대학을 도중에 그만두어서 용서하지 못하는 것일까? 의사가 되려는 꿈을 포기하고 엠마를 위해 툭툭 운전사가 되어서 이해하지 못하는 것일까? 엠마가 집안일에 서투른 점이 마음에 들지 않나? 어쨌든 그렇게 사이가 좋았던 어머니와 아들 사이에 미묘한 바람이 부는 것만은 확실했다.

페트라 씨와 함께 시장을 보러 갔을 때 벌어진 일이다. 건너편 길가에 뚱뚱하고 지저분한 말이 짐차를 끌고 고개를 푹 숙인 채 걸어왔다. 페트라 씨는 말에게 다가가 목덜미를 부드럽게 쓸며 "엠마, 엠마, 열심히 일해야지" 하고 어르듯 속삭였다. 그리고 장난기 가득한 웃음을 싱긋 지으며 나를 보았다.

나도 모르게 웃음을 터뜨렸다. 페트라 씨 나름의 기분 전환이겠지. 평소 대체로 기분이 좋은, 속절없이 밝은 이 라틴 가족에게도 고부간 문제는 존재하겠지. 그런데 복잡하게도 페트라 씨가 아들의 결혼을 두고 이러쿵저러쿵하는 말을 듣다 보면 나는 자꾸 일본의 우리 부모님을 떠올리게 된다. 예전에 우리 집에서도 비슷한 대화가 오갔으니까.

동생도 페르난도와 마찬가지로 학생일 때 페트라 씨와 만났다. 그리고 3년 동안 태평양을 사이에 두고 원거리 연애를 한 끝에 가족도, 고국도, 쌓은 경력도 버리고 과테말라로 건너갔다. 아버지는 동생이 보낸 팩스를 읽으며 "대학원까지 보냈는데 만물상 주인이 되고 말았군…"이라고 혼잣말을 하곤 했다.

그 동생 가족이 일본에 온 것은 두 번이다. 첫 번째 방문은 내가 제1차 과테말라 원정을 다녀오고 2년이 지난 가을이었다. 반쯤 행방불명이었던 동생에게 가족이 있다는 사실이 밝혀지고, 내가 운반한 팩스 덕분에 드디어 양가 대면이 이루어진 것이다.

페트라 씨에게는 이미 부모님이 안 계셨다. 당시 동생 부부는 아직 혼인신고를 하지 않은 상태여서 페트라 씨에게는 이 세상에서 가족이라고 부를 사람이 생기느냐 마느냐의 기로였다. 처음으로 비행기를 타고 바다를 건너 시나가와 호텔로 온 페트라 씨는 지켜보는 내가 웃고 말 정도로 긴장한 상태였다.

마찬가지로, 외국에 나가본 적 없는 부모님에게도 긴장 가득한 순간이었으리라. 일단 말이 통하지 않는 다른 인종과 접한 경험이 없으니까. 정체 모를 외국인을 갑자기 집에 들이는 것은 아무리 생각해도 불가능했다. 그래서 그날은 호텔에서 만나고, 합격하면 체류를 허락하기로 미리 이야기를 해 두었다.

면접은 중국집 원탁에 둘러앉아서 이루어졌다. 특별히 자세한 질의응답이 오간 기억은 없는데, 모자의 붙임성 좋은 외모와 페르난도의 순진무구한 식욕이 큰 공을 세웠다.

과테말라 산간을 떠나본 적 없는 페르난도(당시 8세)에게는 자꾸자꾸 나오는 요리가 전부 태어나서 처음 보는 것들이었다. 새로운 요리가 나올 때마다 그는 눈과 입을 한계치까지 벌리며 놀라고, 조심스럽게 입에 대고는 세상에서 가장 행복한 표정을 지으며 웃었다. 그 모습을 본 아버지는 "이렇게 감동하며 음식을 먹는 사람을 본 적이 없어!"라며 한층 더 감동. 세 사람은 다음 날부터 무사히 부모님 댁에 머무르게 되었다.

남을 대접하고 싶은 타고난 성미가 들끓었을 것이다. 그날부터 아버지는 스키야키니 장어니 초밥이니 튀김이니 특대 새우튀김이니, 이건 어떠냐 저건 어떠냐 하며 생각나는 일본의 음식이란 음식은 몽땅 페르난도 앞에 대령했다. 페트라 씨의 말에 따르면, 아버지는 녹아내리는 페르난도와 똑같은 표정으로 아이가 먹는 모습을 지켜보았다고 한다. 피 한 방울 섞이지 않고 말도 안 통하는 이 할아버지와 손자는 생각지 못한 곳에서 의기투합했다.

한편, 페트라 씨는 일본의 가을에 한 방 먹었다. 늘 봄인 안티과에서는 낮이면 탱크톱으로 지내지만 밤이면 쌀쌀해서 겉옷과 양말이 필요하다. 1년 내내 거의 그런 상태니까 가을이라는 계절을 상상하지 못했다. 그러다 보니 페트라 씨가 가을을 대비해 가져온 옷은 만전을 기한 한겨울 방한 태세였다. 일본의 10월은 아직 한창 덥다. 페트라 씨는 참다 참다 못 참겠는지, 어느 날 부모님에게 이렇게 말했다.

"재봉용 가위를 빌려주세요."

긴소매 스웨터를 반소매로, 긴바지를 반바지로 만들어서 견딜 생각인가 보다. 그런 만들다 만 옷을 입은 외국인이 집 주변을 돌아다니게 할 순 없다. 아버지는 허둥지둥 남쪽 나라에서 온 모자를 가까운 슈퍼로 데려가 긴소매 티셔츠와 스웨터 등 일본의 가을 옷을 사주었다. 페트라 씨는 이때 비로소 가족으로 인정을 받은 기분을 느꼈다고 한다. 얼마나 기뻤는지 지금도 "다이신 백화점, 아직 있어요? 아아, 이토요카도에 또 가고 싶어요!"라며 틈만 났다 하면 그립다는 듯이 말을 꺼낸다.

회사원 시절의 습성이 남아 접대에 열을 올린 아버지와는 달리 어머니의 심정은 조금 복잡했다. 어쨌거나 아들의 신부

다. 그것도 애까지 있는. 아들보다 연상에 관록 있는 페트라 씨가 동생 뒷바라지를 하는 것을 보며 "저 사람이 오히려 엄마 같구나"라고 때때로 토라졌다. 그리고 말이 통하지 않는 것을 기회 삼아 "또 된장국을 남겼어!"라고 대놓고 당당하게 비난을 퍼부었다. 사람은 아무리 말이 통하지 않아도 말에 담긴 호의와 악의는 미묘하게나마 구분한다. 단어 하나 몰라도 그 말이 자신을 향한다는 것쯤은 알아차린다. 특히 페트라 씨는 감이 좋은 사람이다. 그런 가시 돋친 어감을 깨닫지 못할 리가 없다.

일본인 쪽의 대화에 종종 섞이는 독기를 못 느끼게 하려고, 나는 평소 일할 때도 하지 않는 어려운 연기를 잔뜩 해야 했다. 얼굴에는 부드러운 미소를 지으며, "정말 맞는 말이에요, 어머니"라고 대답하는 표정으로 "그런 소리, 앞에다 대고 하는 거 아니에요!"라고 복화술처럼 어머니를 혼냈다.

이 기묘한 쌍방의 대화를 전부 다 알아들었을 단 한 사람, 동생은 늘 그렇듯이 미동도 하지 않았다. 눈앞에 날아다니는 파리를 거들떠보지도 않는 아프리카 야생동물처럼.

애초에 동생은 대화 뉘앙스를 전혀 통역하지 않는 사람이다. 수다 떨기 좋아하는 페트라 씨가 몸짓 발짓을 섞고 다른 사람의 말투나 행동을 흉내 내기까지 하며 10분간 말해도 동생의 통역은 거의 한마디로 끝났다.

"그 카페에는 귀신이 나오니까 안 가는 게 좋대."

오직 결론만, 요점만 간단히. 결론에 이르는 과정이나 관련 에피소드는 전부 생략한다. 노골적으로 추리소설의 범인만 툭 알려준다. "아니지, 아니지. 지금 등장인물이 세 명쯤 나왔고, 깜짝 놀라기도 하고 울기도 하고, 다양한 사건이 있었을 텐데"라고 물고 늘어져도 귀찮다며 절대로 자세히 통역해주지 않는다. 이런 점 때문에 나는 지금도 곤란하다.

그냥 직역만 해줘도 된다고 아무리 부탁해도, 말수가 적고 말발도 별로인 동생으로서는 페트라 씨처럼 표현력 풍부한 재현이 불가능했다. 야생 왕국에서는 결과만 알면 살아갈 수 있겠지.

이런 뒤죽박죽인 팀으로 하코네에 가기로 했다. 과테말라 후지산 기슭에 사는 가족에게 일본의 진짜 후지산을 보여주려는 기획이었다.

온천 여관은 포기하고 아시노코 호반의 호텔에 묵었다. 과테말라 모자가 일본에 와서 많은 계단과 다다미 생활로 유난히 고생했기 때문이다. 책상다리를 해도, 다리를 옆으로 모아 앉아도 금방 데구루루 쓰러졌다. 눈사람 같은 그들이 다다미 위에서 칠전팔기하는 모습은 오뚝이 같았다.

아시노코 호수에서 배를 타고 후지산을 바라보았다. 페트라 씨는 내게 영어로 조용히 "일본인은 이 산을 보면서 뭔가 소원을 비나요?"라고 물었다. 당시 영어도 아직 서툴렀던 나는 그저 고개를 크게 끄덕일 뿐이었다. "우리도 매일 볼칸 데 아구아에 소원을 빌어요." 페트라 씨는 그렇게 말하고 한참이나 신비로운 일본의 볼칸 데 아구아를 바라보았다. 2년 전에 내가 과테말라 후지산을 바라본 것처럼.

돌아오는 길에 줏코쿠 고개를 올랐다. 이번 여행 내내 배낭을 메고 필사적으로 신사나 전망대의 계단과 싸운 페르난도였으나, 케이블카를 타러 가는 길고 긴 계단 앞에서 결국 다리를 헛디디고 말았다.

깜짝 놀랐지만 멈출 방도가 없었다. 그냥도 동그란 몸이 완벽한 구체가 되어 데굴데굴 굴러떨어졌다. 종점까지 멈추지 않을 기세로. 우리가 굳어버린 채 포기하고 눈을 감은 순간, 모르는 아저씨가 슬쩍 발을 내밀어 굴러가는 구슬을 간신히 멈춰주었다.

긁힌 상처 정도로 끝난 페르난도는 이를 악물고 눈물을 꾹 참고서 다시 계단을 올라왔다. 페르난도는 울음을 참느라 필사적이었지만 우리는 웃음을 참느라 필사적이었다. 그렇게 화려하게 굴러떨어지는 사람은 본 적이 없었으니까. 페트라 씨도 동생도, 그리고 부모님까지 불쌍한 페르난도를 외면하고 삐져나오려는 웃음을 참았다. 그리고 누군가 한 명이 웃음을 터뜨리자 그대로 끝이었다. 페르난도가 몸 바쳐 계단에서 떨어진 덕분에 이 팀은 처음으로 다 같이 눈물을 흘리며 웃었다.

결국 이날, 후지산은 구름에 가려 얼굴을 한 번도 보여주지 않았다. 우리는 엎친 데 덮친 격인 페르난도를 위로하려고 이즈 바다에 가기로 했다. 페르난도가 난생처음으로 보는 바다였다. 날이 흐려 어둑어둑한 바다였지만 처음 보는 대해원에 또 눈을 동그랗게 뜬 페르난도는 사이가 좋은 아버지와 물장구를 치며 한참이나 신이 났다.

재미있는 우연인데, 어려서 동생도 해수욕장 휴게소 2층에서 떨어진 적이 있다. 아직 초등학교에 입학하기 전이었을 것이다. 난간을 붙들고 바다를 보는 내 옆으로 타박타박 오나 싶더니 그대로 슉 모습이 사라졌다. 아래가 부드러운 모래사장이어서 목숨을 건졌다. 게다가 다치지도 않았다. 이때도 우연히 아래에 있던 모르는 아저씨가 모래사장에 처박힌 동생을 구해주었다.

지금도 자주 이야깃거리가 되어주는 우리 가족의 웃음담 중 하나다. 피 한 방울 안 섞였는데 이 둘은 참 비슷하다. 떨어지는 남자들, 이런저런 인력引力을 거스르지 못하는 남자들이다.

세 사람이 돌아갈 무렵, 아버지는 의기양양하게 페르난도에게 일본에서 먹은 음식 중에 뭐가 제일 감동적이었는지 물었다. 그렇게 다양한 진미 중에서 하나를 고르라니, 잔혹한 질문이었다. 그런데 페르난도는 전혀 망설이지 않고, 게다가 평소보다 몇 배는 더 눈을 반짝이며 대답했다.

"꽁치!"

정중하게 허공 키스를 던지는 시늉까지 했다.

매해 가을, 싼 꽁치가 나오면 매실을 넣고 만드는 어머니의 꽁치 조림이었다. 아버지가 안쓰러울 정도로 기운이 쏙 빠진 것은 말할 필요도 없다. 그리고 어머니가 선물로 꽁치 매실 조림을 산더미처럼 들려 보낸 것 역시 말할 필요도 없겠지.

신발과 애인

라틴 남자는 신발을 열심히 닦는다. 마치 자신의 남성성을 닦는 것처럼. 과테말라에서도 중요하다 싶은 순간에 남자들의 가죽 구두는 날 좀 봐달라고 외치듯이 까맣게 빛난다. 명품이나 고급 양복과 인연이 없는 이 나라 사람들은 옷차림으로 사람을 판단할 때 제일 먼저 발을 본다.

동생의 과테말라인 친구 중에 겨우 찾은 일자리를 신발 때문에 그만둔 사람이 있다. 사무실에서 근무하려면 아무래도 평소 신는 낡은 샌들로는 출근할 수 없는 노릇이다. 그는 과감하게 가죽 구두를 새로 사서 늘 하던 것처럼 반짝반짝 빛을 내고 새 직장에 출근했으리라. 그런데 익숙하지 않은 가죽 구두를 신자마자 발에 물집이 생겼다. 시간이 지날수록 쏠림이 더 심해져서 도저히 새 구두를 신고 일하러 갈 수 없었다. 결국, 일주일도 지나지 않아 그는 직장을 그만두었다. 뭔가 참, 안타까운 이야기다.

이 나라에서는 어느 마을에 가도 공원이나 길거리에 구두 닦이가 흔히 보인다. 나도 한 번, 모래와 진흙으로 볼품없어진 운동화를 닦아달라고 한 적이 있다. 구두닦이는 닦는다기보다는 깎아내는 수준으로 힘을 잔뜩 주어 닦아주었다. 그러자 가죽도 아닌데 이상하게 반짝이기 시작했다. 덕분에 단순한 까만 운동화가 새로 산 에나멜 구두처럼 보였다. 이건 좀 곤란하다 싶을 정도로 반짝반짝 빛이 났다.

신발을 신고 생활하는 나라라면 지극히 당연한데, 동생 집에도 매일 다양한 사람들이 흙 묻은 신발을 신은 채 들락거리곤 한다. 현관에서 신발을 신고 벗어야 하는 일본 가옥과 달리 이곳은 출입할 때 절차가 필요 없다. 방석에서 영차, 하고 일어나는 수고도 없다. 집에서 나오는 것도 간단하다. 다른 집에 들어가는 것도 그야말로 간단하다.

게다가 과테말라에는 마룻바닥을 깔거나 카펫을 깐 집도 드물다. 바닥은 타일이거나 도로와 구분되지 않는 콘크리트라서 어느 집이나 안과 밖이 비슷한 느낌이다. 동생의 애견 제시카도 마당을 돌아다니던 발로 소파에서 뒹굴고 밤에는 동생의 침대에 올라가 잠들었다.

내가 자는 곳과 바깥세상이 이어진 상태는 다다미가 깔린 집에서 생활하는 것에 익숙한 몸에는 참 신선했다. 자고 있을 때도 개방적이다. 극도의 아웃도어 기분에 가깝다. 이런 곳에서 살면 아무리 내향적인 사람이라도 은둔형 외톨이가 되긴 어렵겠다.

동생 집에는 은둔형 외톨이와는 정반대에 있는 라틴 남자가 여럿 출입했다. 입구 가게에서 일하는 점원들이다. 그들은 음, 다양한 의미에서 들락날락하느라 바쁜 남자들이었다.

야무진 세르히오가 당번일 때는, 가게 앞에 늘 동네 남자들이 무리를 지어 있었다. 동생의 가게는 맥주도 팔아서, 저녁이 되면 가게 앞은 소규모 선술집으로 변한다. 한 블록 건너에 인쇄 공장이 있는데, 공장 직원들이 일을 마치고 돌아가면서 봉지 과자 따위를 안주로 삼아 길에 서서 술을 한잔하곤 했다. 세르히오는 이 가게에서 잡은 연줄을 써서 복사기와 싸구려 용지를 마련해서는, 야무지게도 자기 집에서 복사 가게를 운영했다. 기계가 딱 한 대뿐인데도 그럭저럭 돈벌이가 된다고 들었다.

프란시스코와 헤르베르 형제가 당번일 때면 젊은 여자들이 잔뜩 모여들었다. 특히 형인 프란시스코가 유난히 미남이고 꼭 끼는 티셔츠에 올려 입은 허리 바지까지, 그야말로 요즘 젊은이라는 느낌이 물씬 났다. 그는 늘 가게 쇠창살에 기대 여자 손님과 수다를 떨었다. 그리고 일을 마치면 늘 그중 누군가와 함께 어디론가 사라졌다.

내가 "인기 짱!"이라고 놀리자 그는 금방 그 단어를 이해했다. 아마 다른 일본인도 이렇게 놀렸으리라. 외모만 보고 미성년자인 줄 알았는데 이미 스물두 살로 아내도 있었다. 게다가 자식도 셋이나. 거기에 애인이 여섯 명 있다고 한다. 요일별로 다른 여자와 지낸다는 계산이 나온다.

형제는 안티과에서 30분 정도 떨어진 마을에서 출퇴근했다. 그곳은 과테말라 유수의 관 생산지로, 형제의 집도 관에 색을 칠하는 일을 한다. 출근하는 날이 아닐 때, 또 연애하느라 바쁜 시간 이외에는 형제도 가업을 돕는다.

3년 전, 도둑이 든 이후로 형제의 부친은 미국에 일하러 갔다. 당연히 불법 취업인데, 돈벌이가 꽤 좋은지 프란시스코도 부친을 쫓아 국경을 넘으려고 여러 차례 시도했다.

그는 코요테라고 불리는 밀입국단에 들어갔다. 첫 번째 시도 때는 늦잠을 자느라 약속 시간에 늦어서 실패했다. 두 번째 시도 때는 늦지 않게 갔는데 인원이 차지 않아 중지. 세 번째는 어떻게든 출발하긴 했는데, 육로로 멕시코 국경을 넘자마자 그 지역 경찰에게 붙잡혀 강제 송환되었다고 들었다. 집을 출입하는 것과 다르게 나라 출입은 그리 쉽지 않았다. 게다가 목숨을 건 범죄에 도전하기에 프란시스코는 조금 허술했다.

이 나라에서도 국경을 넘는 위험한 도전을 하다가 목숨을 잃는 사람이 끊이지 않고 나온다. 생명의 위험을 무릅쓰고라도, 코요테에 막대한 알선료를 뜯기더라도 그보다 더한 보상이 있나 보다. 로스앤젤레스에서 일하는 과테말라인은 이 나라 제2 도시의 인구에 필적한다고 들었다.

내가 일본에 돌아간 후, 프란시스코는 질리지도 않고 시도한 끝에 코요테를 통해 비자를 얻어 마침내 단독으로 미국 잠입에 성공했다고 한다. 이번에는 비행기를 타고 국경을 넘었다고 했다. 비자가 끊긴 뒤에는 부친처럼 불법으로 일할 셈일까? 그 다정한 남자가 건축 현장에서 얼마나 힘을 발휘할까? 미국에서 3년을 일하면 가족을 위해 집을 세울 수 있다고 한다. 현지 여자에게 홀딱 반하지 않았을 때의 이야기지만.

프란시스코와 비교해 동생인 헤르베르는 얌전했다. 말을 걸어도 수줍은지 부끄러워하는 모습이 아직 어린애처럼 보였다.

헤르베스만큼은 미성년자일 줄 알았는데 이제 갓 스무 살이 되었다. 그런데 아이가 벌써 둘이다. "그래도 나는 프란시스코랑 달라서 걸프렌드는 셋밖에 안 돼요." 이렇게 뻔뻔하게 밝히며 휴대폰에 저장된 애인들의 전화번호를 자랑했다.

역시 마초의 나라다. 남자와 여자도 모두 정열적이다. 안티과에서도 공원이나 길가에서 구두닦이의 수와 맞먹는 수의, 부끄러운 줄 모르고 들러붙은 남녀를 보곤 했다. 그럴 때, 그들의 머리카락은 평소 이상으로 새까맣게 빛났다.

이 나라의 남자들은 외출할 때면 과하다 싶을 정도로 머리카락에 광을 낸다. 짧게 깎은 칠흑 머리카락에 정발료를 발라 각자 원하는 형태로 다듬는다. 취향에 따라 앞머리를 만들어 가지가지 모양으로 세공한다. 올해 유행인지, 이마에 앞머리를 삼각형처럼 세워서, 무슨 일본 유령 같은 머리를 한 멋쟁이 남자들이 자주 보인다.

프란시스코나 헤르베르는 물론이고 그 페르난도도 주말이면 머리카락을 끈적끈적하게 만진다. 포마드인 줄 알았는데 만져보니 생각보다 딱딱했다. 일본에서도 많이 쓰는 젤 비슷한 것인 모양이다.

반짝이는 것을 정말 좋아하는 사람들이다. 그들은 머리카락도 구두도, 우선 반짝반짝 빛이 나야 한다. 엄두를 내지 못하는 보석이나 고급 시계 대신에 그들은 머리카락이나 구두, 눈동자를 빛내며 강렬하게 여자를 노린다. 주말이면 마을에 까마귀처럼 윤기 흐르는 새까만 남자들이 붐비는 모습을 보면 나도 마음이 들떴다.

이런 나라인데 신기하게도 세계 다른 나라와 비교해 이혼율이 아주 낮다. 가톨릭의 영향인지 라틴 국가들은 대부분 낮지만, 그중에서도 과테말라는 최고다. 어디까지나 통계상 이야기지만.

덧붙여서 이혼율은 물론이고 자살률도 매우 낮다. 이 나라 환경은 자기 안으로 들어가 생각에 잠기기에 적합하지 않다.

그런데 과테말라의 은둔형 외톨이는 아주 가까이에 있었다. 라틴 국가 태생으로는 보기 힘든 낯가림쟁이에 겁보. 동생의 애견 제시카다. 예쁜 개를 좋아하는 일본에서는 좀처럼 볼 수 없는 완벽한 잡종 중형견이다. 방범을 위해서 400엔을 주고 사 왔다고 한다. 굳이 사지 않아도 이 근처 쓰레기장에서 얼마든지 어슬렁거릴 법한 개다. 제시카는 놀리기도 미안

할 정도로 겁이 많아서 동생과 페트라 이외에는 절대로 따르지 않는다.

내가 "요즘 세상에 보기 힘든 멍청한 개네"라고 말하자, 무슨 일에든 딱히 반론하지 않는 동생이 드물게도 "아니야!"라고 받아쳤다. 하긴, 그렇게 극진히 따르는데 어떤 개라도 사랑스러울 테지.

다행이라면, 그 소심한 성격 덕분에 반려견으로 대활약하고 있다는 점이다. 어떤 소리에든 일일이 반응하니까 집 어디에 있어도 초인종이나 전화 소리를 놓치지 않는다. 동생이 아니면 다가가지도 않으니까 개를 무서워하는 학생들에게도 문제가 되지 않는다.

페트라 씨는 얼굴을 비비며 아주 귀여워해주지만, 제시카는 동생을 더 좋아했다. 페트라 씨와 동생이 손을 잡기만 해도 질투하며 짖어댄다. 누가 동생의 이름을 부르면 또 질투어린 소리를 낸다. 항상 동생 발밑에 달라붙어 있어서 나도 제시카의 울음소리를 듣고 동생이 어디 있는지 알았다. 그리고 이 개는 무슨 까닭인지 절대로 아타발 밖으로 나가지 않았다. 제시카는 완벽한 은둔형 외톨이였다.

제시카가 가장 슬픈 표정을 짓는 순간이 있다. 동생이 신발을 신을 때다. 평소 샌들을 신는 동생은 멀리 갈 때와 시장에 장을 보러 갈 때는 운동화로 갈아 신는다. 시장 바닥이 진흙탕이고 사람들이 붐벼 발을 밟히기 때문이다. 밖에 나가지 못하는 제시카는 동생이 외출할 때만큼은 도저히 따라가지 못한다. 훌쩍 일본에라도 가버리면 한 달은 떨어져야 한다.

동생이 샌들을 벗고 신발 끈을 묶기 시작하면 제시카는 귀도 눈도 꼬리도 그야말로 축 늘어뜨리고 방 한쪽 구석에 쭈그려 앉는다. 벽에 머리를 대고 크게 충격을 받은 모습으로 몸을 떨면서 동생을 응시한다. 동생의 신발이 눈앞에 보이기만 해도 제시카는 확 돌변해서 "도와줘!"라고 외치는 표정이 된다. 영화와 연극을 많이도 봤지만, 저렇게 대단한 절망의 표현을 본 적이 없다. 동생도 역시 라틴 남자, 이런 곳에 애인이 있었구나.

미각보다는
착각

이번 주 주말 메뉴. 해물 튀김과 버섯 밥.

한 주의 중반쯤 되면 학교 게시판에 주말 메뉴가 발표된다. 일요일 밤 한정으로 아타발은 일본 정식집으로 변한다. 평소 수업에 쓰는 책상은 사람이 모이는 식탁으로 바뀐다. 동생은 학교가 쉬는 토요일부터 정식집 주인으로 변해 장을 보고 준비하느라 분주하다.

장기로 공부하는 스페인어 학교 학생들은 대부분 파밀리아, 즉 현지 가정에서 홈스테이를 한다. 물론 하루 세끼가 포함이지만 일요일 저녁만큼은 하숙집 밥도 휴식이다. 그래서 일요일에는 저녁밥을 못 먹은 학생들과 가난한 여행자들이 오랜만에 일본의 맛을 느끼러 찾아온다. 내게는 작은 파티처럼 즐거운 저녁이다.

예전에 안티과에는 중남미를 여행하는 배낭여행자들 사이에서 유명한 '젠'이라는 일본 레스토랑이 있었다. 동생도 이 '젠'에 와서 명물 주인장이었던 유키 씨의 소개로 페트라 씨와 만났다. 그런데 아쉽게도 나는 유키 씨와는 만나지 못했다. 13년 전 내가 처음 과테말라를 방문하기 얼마 전에 동생의 은인이 어떤 사건으로 세상을 떠났다. 10년 이상 운영한 레스토랑도 폐쇄되었다. 동생과 페트라 씨는 그의 유지를 조금이라도 이어받으려고 일요일 밤만이라도 일본인들이 모이는 장소를 제공하기로 했다. 그렇게 일요 정식이 시작되었다.

장사가 아니니까 20케찰, 약 300엔 가격 내에서 매주 메뉴를 고안해야 한다. 일본식이라지만 된장이 비싸서 된장국은 내지 않는다. 일본의 쌀처럼 맛있는 쌀 역시 사지 못한다. 일본식에 꼭 필요한 재료도 손에 넣지 못하는 것이 더 많다.

일본식이라고 부르기엔 걸리는 점이 많지만, 그래도 안티과의 일본식 레스토랑 중에 일본인이 요리를 만드는 가게가 달리 없다고 하니, 저렴하고 보기 드문 일본 정식집인 것은 분명하다.

이곳 가정에서는 생선이 식탁에 잘 오르지 않기 때문에 흰 살 생선튀김이나 단식초 생선조림은 정식의 인기 메뉴다. 그러나 이 산골짜기에서 싸고 질 좋은 생선을 구하기란 쉽지 않다. 가끔 트럭 짐칸에 아이스박스를 잔뜩 싣고 바닷가 마을에서 생선 도매상이 온다. 그들이 오면 동생은 만새기나 돛새치 따위를 흥정하고 또 흥정해서 깎고 또 깎아서 산다. 그들도 그 사실을 잘 아니까 저렴한 생선이 없을 때는 동생 집 앞을 지나지 않고 멀리 돌아간다고 한다.

가장 인기 있는 메뉴는 누가 뭐래도 교자, 군만두다. 예산 문제로 고기보다 단연코 채소가 중심인 건강 교자. 한 그릇에 일곱 개씩, 한 번에 150개에서 200개쯤 준비한다. 우리 집은 4인 가족이면서 교자를 만들 때면 늘 가족이 총출동해서 백 개 이상 만들었으니, 동생도 교자 만들기의 전문가다.

우리 집은 절대 사이좋은 가족은 아니었지만, 교자를 만들 때만큼은 일치단결했다. 말이 오고 가지 않아도 각자 역할이 확실했다. 피에 속을 분배하는 것은 아버지의 일. 누나와 동생은 빚기 담당. 굽는 것은 어머니였다.

여기까지는 그럭저럭 친밀한 분위기인데, 먹기 시작하면 돌변해서 골육상쟁이 벌어진다. 개수를 정해두어도 갓 구운 교자 쟁탈전이 벌어진다. 아버지도 절대 자식들에게 양보하지 않는다. 한 번이라도 좋으니 말다툼 없이 느긋하고 평화롭게 교자를 먹고 싶다, 어려서부터 그게 소원이었다.

　요즘은 일본인이나 동네 주민들에 더해 아시아의 맛을 찾아 중국이나 한국, 대만 여행자들도 온다. 일본식을 지향하는 서양인들도 매번 몇 쌍쯤 섞여 있다.

　김치를 좋아하는 동생은 최근 시행착오를 겪으며 과테말라풍 김치 담그기에 도전 중이다. 김치용의 매운맛이 덜한 고추를 팔지 않아서, 너무 맵지 않으면서도 예쁜 색을 내려고 당근이나 붉은 피망 등 빨간 채소를 믹서로 갈아 슬쩍 섞는다고 한다. 그래도 한국인은 김치만큼은 꼭 한 그릇 더 달라고 한다.

　내가 있는 동안에도 미국인 가족이 매주 찾아왔다. 그들은 부엌에도 들어와 동생이 튀김을 만드는 모습을 견학하고 "엑설런트!", 내가 무를 갈아 작은 산처럼 담는 모습을 지켜보며 "뷰티풀!" 하고 일일이 칭찬을 연발했다. 묘한 조합으로 구성된 정식을 먹으며 일본 요리에서 '인텔리전시'를 느낀다고 감동하고, 나중에는 내 단발머리가 마음에 든다는 제스처를 하며 민속 공예품 같다고 칭찬했다. 아마 고케시°를 떠올렸나 보다.

내가 보기에는 지성적인 일본식이라고 하기에는 면목 없는 형편없는 요리들이다. 해물 튀김도 오징어는 인사치레 수준으로 들어갔고, 메인인 채소라고는 괴물처럼 생긴 물냉이와 쪽파 비슷한 파 이파리뿐이다. 이파리 앞에는 작고 하얀 양파 같은 뿌리가 붙어 있다. 이 지역 사람들은 보통 그쪽만 쓰는데, 동생은 시장 채소가게 아줌마에게서 버리는 잎만 공짜로 받아 온다.

버려질 예정인 파 이파리는 흙투성이의 잡초나 마찬가지여서 먹을 수 있는 수준까지 닦는 것도 큰일이었다. 또 근처에 사는 아키코 씨가 밭에서 키우는 우엉은 아무리 씻고 문질러도 까맣다. 껍질을 벗기면 없어져버릴 것처럼 가느다란 주제에 또 단단하다. 과테말라에서 자란 우엉을 어슷하게 써는 작업은 내겐 너무 어려웠다.

버섯 밥에는 와치피린이라는 이쪽 버섯을 쓴다. 항생 물질의 일종이 아니라 어엿한 버섯류다. 과테말라에는 와치피린 말고도 느타리버섯과 잎새버섯의 잡종 같은 버섯이 있다

○ 손발이 없고 머리가 둥글며 단발머리를 한 여아 모양의 목각 인형.

고 하는데, 와치피린이 가장 일본인에게 익숙한 맛이라고 한다. 동생은 "어때, 살짝 송이버섯 향이 나지?"라며 의기양양하게 말린 와치피린을 물에 불렸다. 우기에 파는 이 버섯을 매년 대량 구매해서 건조 보존해둔다고 한다.

어려서 우리는 매년 가을, 친척이 집 뒷산에서 캐서 보내는 송이버섯을 포일에 올려 구워서 즐겨 먹었다. 바짝 마른 가짜 송이버섯을 보며, 나는 동생에게 진짜 송이버섯을 다시 먹여주고 싶었다.

그런데 좀 아니려나. 어쩌면 동생은 이 미지의 버섯에서 머나먼 기억 속 송이버섯의 향을 느끼는 편이 행복할지도 모른다. 지금 진짜를 맛보면 다시는 송이버섯 같다는 말을 못하게 될 테니까. 동생 몰래 몇 번이나 깨물어보았지만 나는 와치피린에서 송이버섯의 맛과 향을 느끼지 못했다.

파삭파삭한 과테말라 쌀로 밥을 맛있게 하는 것도 또 고생이었다. 먼지가 섞인 쌀을 정성껏 씻어 전날 밤부터 물에 불려서 조금이라도 부드럽게 해두어야 한다. 다키코미고항°을 지을 때, 맛국물을 내고 감칠맛을 주려고 동생은 닭고기 껍질 간 것을 넣었다. 역시 시장 닭고기 가게에서 버리는 껍질

○ 고기, 생선 등을 섞어서 짓는 밥.

124

을 공짜로 받아온 것이다.

장을 보러 간 날, 나는 쓰레기봉지 같은 커다란 비닐을 꽉 꽉 채운 닭 껍질을 보고 문득 괜찮은 메뉴를 떠올렸다. 이곳에는 파가 있고 신맛이 아주 강렬한 레몬도 있다. 이걸로 폰스 소스를 곁들인 닭껍질 요리를 만들 수 있다!

일요 정식에 공헌하려고 나는 지금까지 다양한 아이디어를 제안했다. 그러나 매번 예산 관계상 보기 좋게 거절당하기 일쑤였다. 그래도 닭 껍질 요리라면 재료비가 공짜다. 그러나 동생의 반응은 또 그냥 그랬다.

"누나, 여기는 술집이 아니니까."

술집 안주 같은 메뉴로는 허기진 여행자들의 위장을 달래줄 수 없다는 소리다. 술을 마시지 않으니까 이런 안주 메뉴에는 흥미가 없는 것이다.

동생은 일본에 있을 때는 막걸리를 몰래 담글 정도로 술을 좋아했으면서 여기에 와서는 술을 한 방울도 마시지 못하게 되었다. 동생과 교대하듯이 젊어서는 마티니의 올리브를 주워 먹고 졸도한 누나가 이제는 술꾼이 되었다. 장래 일가족이 술잔을 기울이길 기대했던 아버지는 딸과 아들 모두와 타이밍이 멋지게도 엇나가 결국 그 꿈을 한 번도 이루지 못했다.

오후부터 비가 내렸는데도 오늘 일요 정식에는 스무 명쯤 손님이 모여 그럭저럭 자리가 찼다. 나는 즐거워서 가게에서 파는 닭 마크가 그려진 '가요'라는 과테말라 맥주를 사서 모두에게 대접했다. 이럴 때 입구에 가게가 있으니 편했다. 집에 캐시 온 딜리버리 바가 있는 셈이다. 캔 맥주를 마시며 이 테이블 저 테이블로 돌아다니다가 마지막에는 연회 분위기가 되어 홈파티처럼 즐거운 저녁 식사를 했다.

13년 전과 달리 안티과에 거주하는 일본인이 몇 명인가 있었다. 이날도 그들은 "아무리 기상천외한 재료라도 일본인이 만들면 일본식이라니까요"라고 웃으며 동생이 튀긴 폭탄처럼 못생기고 거대한 해물 튀김을 즐겁게 먹었다.

그리운 식사와 맥주와 일본어 수다. 손님이 한 명 떠나고 두 명 떠나고, 주에 한 번 있는 정식집이 문을 닫았다. 나는 가요를 몇 캔이나 비웠으면서 손님에게서 받은 '광어 지느러미'를 안주 삼아 더 마실 생각이었다. 이런 중미 산속에서는 보기 드문 보물이다. 긴 여행을 떠나면 반드시 가지고 다니는 와사비가 이럴 때 도움이 된다.

와사비 간장을 찍어 하얗고 부들부들한 살을 혀 위에 살그머니 올려놓았다. 와사비의 향과 은은한 단맛. 쫄깃쫄깃한 식감. 그야말로, 일말의 거짓 없이 광어 지느러미였다. 코코

넛 열매 따위가 절대 아니다!

그런데 진짜를 먹어본 적 없는 동생은 계속 고개를 갸웃거렸다. 나는 회처럼 얇게 썰어 혀에 닿는 감촉이 진미인 코코넛의 하얀 과육을 먹으며 혼자 줄곧 감동했다. 와사비 간장의 실력과 인간의 신비로운 미각에 "제가 미처 몰라뵀었습니다" 하고 무릎을 꿇고 싶을 정도였다.

파블로프의 개. 일본인의 혀는 대단하다. 와사비와 간장을 찍었을 뿐인데 나무 열매를 입에 넣고 마치 귀한 바다의 사치를 먹는 것처럼 착각할 수 있다. 코코넛을 광어 지느러미로, 아보카도를 참치로 바꿀 수 있다.

남은 튀김과 광어 지느러미를 먹으며 나는 이 행복한 발견에 도취했다. 술을 마시지 않는 동생은 그런 나를 의아하게 바라보았다.

진짜 맛 따위 알 게 뭐야! 이 세상의 맛있는 것을 하나라도 많이 먹고 싶다면 미각보다 착각의 힘을 믿어야 한다. 혀를 채우기보다 상상력을 발휘하며 먹어야 한다. 그러면 나도 언젠가 와치피린을 송이버섯으로 생각할 날이 올 것이다.

시간을
달리는
가족

한 소년에게 푹 빠졌다. 그 소년은 낮이면 꼭 동생의 집에 나타났다. 이 집에는 비슷한 나이의 소년들이 여럿 들락거렸는데 그중에서 한 명, 매일같이 오는 그 아이의 존재를 깨달은 것은 도착하고 며칠이 지난 후였다.

남색 교복 바지 위로 목 단추를 푼 셔츠가 삐져나오고 통학 가방을 등에 멘 채로 그 소년은 찾아왔다. 처음에는 딱히 하는 일 없이 집을 어슬렁대다가 돌아갔는데, 어느새 점심을 먹을 때면 반드시 내 맞은편에 앉게 되었다. 친척은 아닌 것 같았다. 그런데 이 집 사람처럼 도우미를 부렸다.

"저 애는 대체 누구야? 매일 무슨 일로 오는 거야?"

어느 날, 나는 참다못해 동생에게 물었다. 동생의 간략한 설명을 들어보니, 그는 안티과 변두리에서 대가족과 살며 아타발 근처 중학교에 다닌다고 했다. 과테말라 중학교는 낮까지만 하니까 하굣길에 매일 놀러 왔다 가는 것이다. 집이 좁아서 불편한가? 형제자매가 많아서 관심을 못 받나? 2년쯤 전부터 페트라 씨를 잘 따르기 시작해 오후를 이 집에서 보낸다고 들었다. 이름을 듣고 놀랐다. 페르난도.

농담인 줄 알았다. 조카 페르난도와 똑같았기 때문이다. 얼굴보다는 그 분위기가. 물론 페르난도라는 이름의 남자는 이 나라에 발에 챌 정도로 많다. 우연이라고 할 만큼 대단한 것은 아닌데, 그래도 인연이다. 마치 어린 페르난도의 환상처럼 소년이 내 앞에 나타났다.

이 집 사람들은 큰 쪽을 난드, 작은 쪽을 난디트라고 부르는 것 같은데, 나는 귀찮아서 그냥 쉽게 큰 페르난도와 작은 페르난도로 나눠 불렀다.

그들은 체형이 거의 같았다. 완벽하게 대와 소로 닮은꼴이었다. 뚱뚱하다기보다 오동통이라는 단어가 어울리는 체형이다. 살이 쪘는데 어깨가 좁다. 이 나라 남자들에게 흔한 처진 어깨다. 게다가 몸의 가로 폭과 세로 폭이 거의 같은 두께

여서 가슴 주변을 둥그렇게 자르면 그루터기가 완벽한 원형이 될 것이다. 커다란 머리가 짧은 목을 짓누르듯이 올라타서 3등신처럼 보인다. 큰 페르난도가 하얀 스웨터를 입고 얌전하게 앉아 있으면 눈사람처럼 보였다. 열 살 때 이야기다.

작은 페르난도는 작은 페르난도대로 얼굴이 둥글고 코가 들창코여서 눈사람보다는 부후우°에 가깝다. 둘 다 인형 탈과 비슷하다. 손발이 길고 스마트한 요즘 일본 중학생과 달리 이곳 아이들은 나이보다 어리고 어딘가 멍해 보였다.

큰 페르난도와 작은 페르난도는 아직 어리면서 마치 어른 같은 행동이나 말을 하는 점까지 닮았다. 3등신이 다리를 꼬거나 손끝을 턱에 대고 "씨, 씨", 즉 "예스, 예스"라고 말하며 어른의 이야기에 맞장구를 쳤다.

무슨 대화를 나누는지, 페트라 씨와 대등하게 점잔을 빼며 말하는 모습은 어린아이로 보이지 않았다. 페트라 씨도 아이를 상대하면서 마치 동년배 친구와 대화하는 말투였다. 그런 둘을 곁눈질하며 나는 동생에게 "쟤 뭐지? 아줌마 같아"라고 속삭였다.

○ Boo Foo Woo. 1960년대 일본 NHK에서 방송한 인형극.『아기 돼지 삼형제』의 후일담이라는 설정으로 멕시코풍 무대에서 첫째 부, 둘째 후, 셋째 우라는 아기 돼지들과 늑대가 나온다.

비밀은 소년의 안경이었다. 자기 안경이 망가진 작은 페르난도는 새것을 사지 못해 페트라 씨의 오래된 금테 안경을 쓰고 있었다. 소년이 새끼손가락을 세워 안경을 올리는 모습이 꼭 부잣집 마담 같았다. 신기하게도 소년이 어울리지 않는 흉내를 낼수록 시건방진 천진난만함이 더욱 돋보였다.

큰 페르난도와 나는 그가 여섯 살, 여덟 살, 열 살이던 한때를 같이 보냈다. 그 아이 역시 아이답지 않은 아이다움으로 나를 사로잡았다. 일본에 놀러 왔을 때, 우리는 특히 어린 나이임에도 그의 철저한 마초다움에 감탄했다.

이를테면 전철을 탔을 때. 문이 열리면 어른들 다리 사이를 지나 자리를 잡는 것까지는 새침데기 일본 아이들과 같다. 그런데 그 아이는 필사적으로 차지한 자리에 절대 앉지 않고, 언제나 자랑스럽게 웃으며 페트라 씨나 나에게 양보했다. 그리고 손잡이에도 손이 닿지 않는 몸으로 익숙하지 않은 전철의 흔들림을 꾹 견뎠다.

일본에서는 어린아이가 있다면 보통 부모가 서고 아이가 자리를 차지한다. 아이를 품에 안은 엄마에게 자리를 양보했더니 손을 잡고 있는 더 큰 아이를 앉히기도 한다. 아이가 없는 난 예전부터 그게 참 의문이었다. 페르난도는 내가 보는 앞에서 통쾌하게 일본의 상식을 뒤집어주었다.

쇼핑을 하러 가서 내가 큰 짐을 들면, 페르난도는 언제나 불쑥 나타나서 그것을 안았다. 아무리 여자라도 키가 두 배는 되는 내가 들어야 효율적인 것이 당연하다. 그래도 그는 일단 든 짐을 절대 놓지 않았다. 항상 땀범벅이 되어 페트라 씨의 짐까지 넣은 배낭을 메고, 불평 하나 하지 않고 귀찮게 조르지도 않는다. 부모님도 나도 "참 키우기 편한 아이네"라며 감탄하고 또 감탄했다.

우기 같지 않게 화창한 오후였다. 우연하게도 나와 작은 페르난도에게 친밀해질 기회가 찾아왔다.

점심을 한바탕 먹고 늘 그렇듯이 동생 부부는 앞을 다투어 침실로 향했다. 그들은 아주 잠깐도 아까워할 정도로 시에스타만큼은 정확하게 지켰다. 평소에는 그렇게 시간 관념이 주먹구구식이면서 이때만큼은 쌀 한 톨까지 정확하게 셈할 기세다. 손님이 있어도, 대화를 하던 도중이라도.

그날도 내가 옥수수 녹말로 만든 커스터드 디저트, 만하르를 정신없이 먹는 동안, 이 집 가족들은 하나둘 바쁘게 자리를 떴다. 식탁에는 만하르가 담긴 볼을 끌어안은 나와 작은 페르난도만 남았다. 작은 페르난도는 상반신을 텔레비전 쪽으로 돌리고, 우아한 포즈로 테이블에 팔꿈치를 괴고는 새치름한 표정으로 낮에 하는 인기 방송을 보고 있었다.

그 방송은 멕시코의 유명한 코미디언들이 여덟 살 아이로 분장해서 연기하는 희극으로, 1970년대에 시작해 벌써 30년 이상 반복해서 재방송되고 있었다. 일본으로 치면 〈마루코는 아홉 살〉을 전원 어른이 연기하는 셈이다. 여전히 라틴 여러 국가에서는 인기 최고다. 요즘 들어서는 애니메이션으로 만들어질 정도로 롱히트 방송이다. 말 그대로 어른부터 아이까지, 페트라 씨도 작은 페르난도도 도우미들도 매일 수도 없이 봤을 에피소드를 웃으며 즐긴다.

작은 페르난도는 이따금 하하하, 하고 웃으면서도 흘러내리는 안경을 올리는 시늉을 하며 이쪽을 힐끔 살폈다. 소년도 이 상황을 의식하고 있었다.

이렇게 말하는 나 역시 긴장한 상태였다. 매일 눈으로 몰래 소년을 쫓으면서도 사실 말 한마디 나눠본 적 없었다. 아니, 애초에 소년과 나는 공통되는 언어가 없다. 이쪽 중학교에서도 영어를 가르치는지 의문이었다. 만하르를 다 해치운 나는 과감하게, 이 겸연쩍은 침묵을 깨기로 했다.

"하, 하우 올드 아 유?"

어른의 가면을 미처 쓰지 못한 놀란 얼굴이 이쪽을 돌아보았다. 다시 한 번 천천히 반복했다. 이 정도 영어도 통하지 않나 보다. 그러는 나 역시 이 정도 스페인어는 잉그리 선생님에게 분명 배웠다. 그러나 이런 다급한 사태에서는 단 한마디도 떠오르지 않았다. 내가 같은 말을 몇 번이나 반복하니까 마치 아주 중요한 질문을 하는 듯한 상황이 되었다.

눈썹이 축 늘어질 정도로 어쩔 줄 모르던 작은 페르난도는 무슨 생각을 했는지, 멋들어진 배우처럼 잠깐 기다리라는 제스처를 취해 나를 진정시켰다. 그리고 당당한 자세와는 전혀 다르게 허둥지둥 달려 아타발 도서관으로 가더니 두꺼운 책을 두 권 끌어안고 돌아왔다. 그리고 이거라면 괜찮다는 듯이 스페인어-일본어 사전을 보여주고 내게는 일본어-스페인어 사전을 건넸다.

만하르의 바닐라 향기가 남은 식탁에서, 의자에 앉은 나와 키가 똑같은 소년은 사전을 펼치고 서로 무슨 말을 하는지 조사했다. 대화가 하나하나 성립할 때마다 소년은 어린아이 같은 웃음을 지어 보였다.

사전을 이용해 이야기를 나눈 덕분에 나는 그가 열네 살이고, 무슨 사정인지 아직 중학교 1학년이고, 여섯 형제 중 넷째로 엄마는 아타발에서 선생님으로 일하고, 단것이라면 사족을 못 쓰고 치즈를 아주 좋아한다는 정보를 알아냈다.

이후로 작은 페르난도와 나는 비밀스러운 관계가 되었다. 여전히 사전 없이는 대화하지 못하는 우리지만 식탁에서 시선이 마주치면 몰래 윙크를 나눴다. 내가 눈으로 신호를 보내면 소년도 지지 않겠다는 듯이 들창코를 들썩이며 눈을 감고 어설픈 눈짓을 돌려주었다.

꽃을 받은 적도 있다. 꽃다발이라기보다 파다발 같은 커다란 극락조화. 아마 어디 마당에서 몰래 꺾어 왔으리라. 작은 페르난도는 그것을 등 뒤에 감추고 내 앞에 서더니 마술처럼 짠, 하고 내밀었다.

동생의 보충 설명으로 작은 페르난도가 학교를 1년 유급했다는 것을 알았다. 이곳에서는 중학교에서도 용서 없이 유급을 시킨다. 작은 페르난도는 이듬해에도 유급해서 열다섯 살 때도 1학년생이었다고 전해 들었다. 풀지 못할 수수께끼다. 나는 진지한 표정으로 사전을 펄럭이는 학구열 넘치는 그의 모습밖에 모르는데.

일요일 오후, 남동생 부부와 마을에 나가 점심을 먹었다. 학교 수업도 없는데 당연하다는 듯이 작은 페르난도도 따라왔다. 식사를 하고 디저트를 먹기로 한 우리는 포장마차에서 도넛을 설탕물에 적신 것 같은 부뉴엘로라는 과자를 사서 중앙 공원으로 갔다. 나는 이 과자를 아주 좋아했다.

여기에서도 작은 페르난도는 대활약을 했다. 공원을 돌아다니며 빈 벤치를 찾아 커플과 싸운 끝에 차지하고서 우리를 큰 소리로 불렀다. 모처럼 그가 얻어낸 벤치인데 응달이 좋다고 주문하자, 또 분주히 돌아다니며 딱 좋은 응달을 찾아주었다. 벤치에 앉지 못한 작은 페르난도는 바닥에 쪼그리고 앉아 어른들이 달콤한 디저트를 먹는 모습을 지켜보았다.

그리고 손이 끈적끈적하다고 투정을 부리자 서둘러 티슈를 적시러 분수대로 갔고, 단것을 먹었더니 목이 탄다고 말하자 이번에는 흔쾌히 탄산수를 사러 갔다. 정말 큰 페르난도의 어릴 때 모습 그대로였다.

내 생각인데, 그들은 자기가 어린아이라는 사실을 깨닫지 못한 것 같다. 이 나라에서는 아이가 태어나면 가족을 도울 일꾼으로 취급하기 때문이 아닐까? 시장에 가면 페르난도들보다 더 어린 아이들이 가게를 맡아 어른 못지않게 장사를 하고, 마을로 나가면 오빠나 언니가 오리처럼 동생들을 잔뜩 이끌고 돌보며 목적 없이 거리를 돌아다닌다.

그래도 참 이상한 기분이었다. 지금은 다 커서 성인 남자가 된 페르난도는 반대를 무릅쓰고 결혼해서 아내와 맞벌이를 하느라 집에 거의 없다. 그 대신에 큰 페르난도를 되감기라도 한 것처럼 작은 페르난도가 그곳에 있다. 내가 모르는 열네 살 무렵의 페르난도.

그러고 보면 이 집에 드나드는 소년들은 다들 비슷한 체형이다. 페트라 씨는 통통한 아이를 좋아한다. 어려서 주워온 강아지가 더 크지 않기를 바랐던 기억이 떠올랐다.

오늘도 식탁에는 언제나처럼 텔레비전을 둘러싸고 앉아 시간을 달리는 가족의 점심 풍경이 펼쳐진다. 늘 보는 방송에는 30년 전에도 그다지 젊지 않았던 아저씨 아줌마 희극배우들이 멜빵바지에 속옷이 보이는 원피스를 입고 난동을 부린다. 한바탕 웃은 뒤에 페트라 씨가 "저 배우들, 지금은 거의 이 세상에 없어요"라고 차분하게 중얼거렸다.

페트라 씨는 앞으로 얼마나 많은 페르난도와 이 방송을 볼까. 그런 생각을 하며 나는 큰 볼에 잔뜩 담긴 새빨간 젤리로 손을 뻗었다. 단것은 됐다면서 고개를 돌리는 작은 페르난도에게 젤리를 산더미처럼 덜어서 건네주었다. 페르난도는 시치미를 뚝 떼고 냉큼 받아먹었다.

누구에게든
들으라는 듯이
짓궂게

'아미고'라는 스페인어에는 대체 얼마나 많은 의미가 있을까. 서로 끌어안는 남자들 사이에서도, 가게 직원과 손님 사이에서도 이 말이 자주 사용된다.

동생이 사용하는 '친구'라는 단어도 의미가 넓고 또 심오하다. 동생 말에 따르면, 길에서 지나치는 사람도 매일같이 집에 찾아오는 이웃도, 다 똑같은 '친구'다. 나이도 성별도 상관없다. 단순히 동생의 설명이 부족한 것일까, 이 나라 사람들이 사용하는 '아미고'라는 말이 심오한 것일까. 이걸 잘 모르겠다.

동생이나 페트라 씨는 마을로 나가면, 여기저기 가게 사람

138

이나 길에 다니는 사람, 집 창문에서 고개를 내미는 사람과 차례차례 인사를 나눈다. 동생 집에서 제일가는 번화가를 지나 시장으로 가는 15분 동안, 그들은 끝없이 "올라, 올라!" 하고 인사한다.

누굴 협박하며 걷는 것이 아니다. 올라는 스페인어로 '여어' 혹은 '안녕'에 해당하는 말이다. "헬로, 헬로"라고 인사하는 것처럼 "올라, 올라"를 연발한다.

가끔 "누구야?"라고 물으면 동생은 그러면 그렇지, "친구"라고 대답한다. 처음 방문했을 때, 나는 막 개통한 팩스로 "동생은 마을 사람들하고 친구로 지내는 것 같아요"라고 보고했을 정도다. 도쿄에 사는 내게 일부러 인사를 나누는 사람은 뭐, 그럭저럭 친구이긴 하다.

그런데 그건 내 착각이었다. 이번에 차분하게 관찰한 결과, 이 나라에서는 길을 가다가 눈이 마주치면 일단 인사하는 습관이 있는 것 같았다. 아는 사이거나 아니거나 상관없이. 등산하는 사람들이 마주칠 때마다 "안녕하세요, 안녕하세요" 하고 인사하는 그런 느낌이다.

그들을 잘 살펴본 결과, "부에나스 타르데스", 즉 "안녕하세요"만 하고 지나가면 모르는 사람. 멈춰 서서 "케탈?"이나

"코모에스타?", 즉 "어이, 요즘 잘 지내?"라고 대화를 나누면 아는 사이. 끌어안고 잠깐 서서 대화를 나누어야 일본에서 말하는 친구 사이인 것 같았다. 그러니 동생이나 특히 페트라 씨와 마을을 걸으면 15분 걸리는 길도 절대 그 시간 안에 가지 못한다. 가게 앞을 지나면서 한바탕 인사. 길 건너편에 누가 보이면 또 한바탕 인사.

이 번거로운 인사와 비슷한 빈도로 거리에는 외침이나 감탄사가 오간다. 멋진 여자가 지나가면 휘파람을 불거나 추파를 던지는 그것이다. 라틴 국가를 다니는 여행자들의 이야기를 들어보니 과테말라인은 그나마 좀 얌전한 편이란다.

안티과에 살며 과테말라 직물을 연구하는 교타 씨의 안내로 마을 외곽 산기슭에 있는 교회 유적을 견학하러 갔다. 이 유적은 부서진 교회 건물을 그대로 야외극장으로 이용하고 있다. 가끔 외국 오페라 등도 공연한다고 한다. 극장 전문가로서 꼭 봐두어야 할 곳이었다.

장엄한 폐허를 배경으로 한 무대에 올라 손뼉을 쳐서 원형으로 펼쳐지는 석조 객석의 반향을 확인하는데, 길 건너편에서 오토바이를 탄 두 젊은이가 지나가다가 큰 소리로 뭐라고 외치기 시작했다. 잔뜩 흥에 겨워 손을 흔들며 이쪽을 향해

흥겹게 외쳤다. "오늘 축제야! 마시러 가자!"라고 말하는 것 같았다. 교타 씨도 응수해서 "알았어! 나중에!"라고 대답하듯이 손을 흔들었다.

한참 소동을 피우다가 오토바이가 떠난 뒤에 "친구인가 봐요?"라고 묻자, 교타 씨는 "아니요. 중국인이 무대 위에서 무슨 짓을 하냐고 자꾸 끈질기게 물어서 일본인이니까 닥치고 꺼지라고 대꾸해줬어요"라고 쓰게 웃었다. 조금 전의 활발한 대화가 그런 내용일 줄은 전혀 몰랐다. 이것이 나의 치노 공격 첫 체험이었다.

라틴 국가를 여행하는 일본인은 이 유명한 치노 공격에서 벗어나지 못할 운명이다. 치노는 중국인을 말하는데, 그들은 아시아계를 보면 호의와 악의를 동시에 품고 무조건 그렇게 말을 건다. 여행하러 온 나라에서 원하지 않는 경험을 한 사람에게는 발끈하고도 남을 차별 용어로 들린다.

나는 다행인지 불행인지, 딱히 그런 일로 이를 갈진 않았다. 어쨌거나 일본에서 길 가던 사람의 손가락질을 받으며 "누구더라? 저 네모난 얼굴"이라거나, "어이, 연예인!" 하고 불리는 것보다는 훨씬 낫다. 애초에 이란인과 이라크인을 구별하지 못하는 내게 그들을 탓할 자격도 없다.

"치나, 치나."

공원에서 지저분한 소년이 추로스를 먹으며 내게 열심히 손짓했다. 그 길쭉한 튀김 빵을 흔들며 불러서, 나눠주겠다는 건가 싶어 손을 내밀었더니, 소년은 그 손을 뿌리쳤다. 보니까 눈앞에 구두닦이 받침이 있었다. 중국 여자야, 신발을 닦고 가지 않겠는가, 이렇게 영업하는 것이었다.

"치니타, 추로!"

중고 옷가게에서 90엔을 주고 산 화려한 원피스를 입고 걸었더니, 지나가던 사람이 이렇게 말을 걸었다. 귀여운 중국인이라는 의미다. 나는 "대통령!"이라고 불리기라도 한 듯이 기분이 좋아서 그 싸구려 중고 옷을 뽐내며 의기양양하게 걸었다.

물론 이런 귀여운 치노 공격만 있는 것은 아니다. 가끔 그 단어를 기분 나쁘게 사용하는 상대를 만나면, 나는 중지를 세워 욕하는 대신에 얼굴을 있는 힘껏 구기고 혀를 내밀었다. 마치 짐 시먼스처럼. 그쪽은 생각 없이 하는 습관일지라도 듣는 일본인은 썩 기분이 좋지 않다는 태도 정도는 보여줘야 한다고 생각했다. 이 악마의 얼굴에 상대가 겁을 먹을 때는 괜찮았다. 그런데 의외로 이게 평이 좋아서 곤란했다. 아이들에게 정말 인기였다.

치노 공격을 두고 동생은 "판다를 보고 판다라고 하는 거랑 같지 않아?"라는 태도를 보였는데, 사실 이 나라 사람들은 그 단어를 아시아인에게만 쓰는 것이 아니다. 과테말라인 중에도 눈이 가느다란 사람이나 쌍꺼풀이 없는 사람, 얼굴 음영이 뚜렷하지 않은 사람은 보통 치노라고 불린다.

그들은 눈에 보인 것을 그대로 발언한다. 그리고 무슨 이유에선지, 일부러 큰소리로 상대에게 들리게 한다. 이런 습관이 어떤 연유로 시작되었고 그 바탕에 어떤 정신이 있는가. 나는 오히려 그것이 궁금했다.

안티과에는 유명한 거지들이 많다. 맥도날드 옆에 머무는 세바스찬도 이 마을에서 상당한 유명인사다. 맥도날드가 이 지역에 들어와서 그에게 다른 곳으로 가달라고 했을 때, "여긴 내가 먼저 왔어!"라며 당당하게 싸운 훈장이 있는 자다. 맹인인 그는 매일 길가 보도블록에 앉아 하모니카로 신기한 노래를 연주하며 하늘을 우러러보고, 길을 오가는 사람들에게 손을 내민다. 늘 솜브레°를 쓰고 화려한 빨간색과 분홍색 티셔츠 아래로 몇 겹이나 되는 거대한 배를 불룩 내밀고 있다. 뱃살이 너무 두두룩해서 양반다리를 한 짧은 다리를 덮

○   라틴아메리카 나라에서 쓰는 중앙이 높고 챙이 넓은 모자.

는 바람에 처음 봤을 때는 다리가 없는 줄 알았다. 그리고 이 세바스찬과 페트라 씨의 관계야말로 내가 안티과에서 가장 풀지 못한 수수께끼였다.

페트라 씨는 시장을 다녀오다가 그를 보면 늘 큰 소리로 뭐라고 외친다. 마치 환호하는 가부키 관객 같은 기세다. 그러면 그쪽도 즉각 카랑카랑한 목소리로 받아친다. 절묘한 호흡이다.

어느 날, 늘 그렇듯이 길 반대편에서 페트라 씨가 세바스찬에게 말을 걸었다. 그런데 마을 소음에 뒤섞여 당사자에게 들리지 않았다. 그러자 페트라 씨는 아주 아쉬워하며 "젠장!" 하고 발을 굴렀다. 왜 그렇게까지 집착하는지 나는 영문도 모르는 채로 장을 보러 갔는데, 돌아오는 길에 사건이 벌어졌다.

이번에도 우리는 길 건너편을 걸었는데, 맥도날드가 가까워지자 페트라 씨는 혼자 돌바닥을 통통 뛰어 건너갔다. 그리고 일부러 세바스찬의 귓가 가까이에 입을 대고 뭐라고 속삭였다. 바로 다음 순간, 페트라 씨의 비명이 사거리에 울려퍼졌다.

멀리서 지켜보던 나는 무슨 일이 벌어졌는지 몰랐다. 동생과 달려갔더니 페트라 씨는 장난을 들킨 아이처럼 새빨개진 얼굴로 엉덩이를 문지르고 있었다. 페트라 씨가 늘 하던 말을 속삭이자, 그가 "목소리로 다 알아들어. 너로구만!"이라며 앞에 선 페트라 씨의 엉덩이를 걷어찼다고 한다. 대체 그 사람한테 무슨 말을 한 걸까?

페트라 씨는 늘 그를 '차트'라고 불렀다. 차트는 코가 낮다는 의미라고 한다. 그러나 그는 딱히 눈에 띌 정도로 벽장코가 아니다. 만약 그의 용모를 멸시하고 싶다면 코가 아니라 체형을 공격하면 될 것이다. 그런데 이쪽에서는 뚱땡이라는 말에 비난하는 의미가 없다고 한다. 뚱뚱한 것이 추하다는 의식도 애초에 없다. 그래서 '고르드', 즉 '뚱땡이'라는 단어를 애칭으로 사용하는 사람이 아주 많다.

그건 그렇고 왜 일부러 의미 모를 중상모략을 맹인 거지에게 던지는 걸까? 게다가 당하는 그는 또 "내 이름은 그게 아니야!"라고 일일이 반론하며 "똥이나 처먹어!"라는 욕으로 응전한다.

이 얼토당토않은 말싸움의 근거는 뭘까? 페트라 씨에게 물어도 "발끈해서 화를 내니까 재미있거든요"라는 대답만 돌아왔다. 이래서는 나쁜 말을 배운 세 살 아이와 다를 것이 없다. 동생에게 물어도 납득이 갈 대답을 해줄 리가 없다. 외국 문화를 전부 다 그런 것 아니냐며 받아넘기는 재능의 소유자에게는 거지와 아내의 이 이해할 수 없는 관계도 일상일 테니까. 나는 머리를 싸매고 아타발 도서관의 읽을거리 중에서 대답을 찾으려고 했다.

다민족 사회인 라틴 국가에서는 혼혈에 혼혈이 섞이므로 외모가 당연히 다르다. 따라서 신체적 특징으로 부르는 것에 거리낌이 없고 악의 역시 없다.

그럴싸한 기술을 보고 조금, 아주 조금은 이해했다. 그러고 보면 이렇게 외모가 제각각이면 미의식도 획일적이지 않을 것이다. 이 마을에서는 땅꼬마도, 대머리도, 뚱땡이도, 꼬챙이도 다들 당당하게 돌아다닌다.

내가 귀국하고 얼마 지나지 않아 세바스찬이 마을에서 사라졌다는 소식이 들렸다. 얼마 전에도 세바스찬을 포함한 안티과의 유명 거지 사인방 중 한 명이 버스에 치여 죽었다. 그 마을은 거리의 명사들 사진을 찍어서 장식한 바가 있을 정도다. 마을 사람들도 걱정이 이만저만 아니리라.

그런데 한 달쯤 지났을 무렵, 페트라 씨가 시장에서 돌아오다가 예의 그곳에서 그리운 원수의 모습을 발견했다. 집에 돌아가자마자 동생에게 "차트가 돌아왔어!"라고 보고했다고 한다. 페트라 씨가 얼마나 쓸쓸했는지 모른다고, 다행이라며 재회를 기뻐하자 세바스찬은 "휴가를 다녀왔어"라고 대답했단다.

사실 그가 잘사는 집 외동아들이라는 소문도 있다. 맥도날드 옆에서 하는 일을 마치고 옆 마을 이층집으로 돌아가는 그를 본 사람도 있다고 한다. 거지라면서 대체 뭐지. 그렇다면 눈이 보이지 않는다는 이야기도 의심스럽다.

주유소 옆의 거지 명사도 농아라는 설정인데, 악담을 하면 덤벼든다고 한다. 누가 "뭐야, 들리잖아!"라고 화를 내면 페트라 씨는 얼른 "그 사람은 독순술을 할 줄 알거든!"이라고 해명해준다고 한다.

세바스찬과 페트라 씨, 그리고 거지들과 마을 사람들의 관계는 이방인인 내가 도저히 이해하기 어려운, 의미가 넓고 심오한 관계다. 이렇다 보니 한데 묶어서 '아미고'라고 부르는 수밖에 없다.

세바스찬이 복귀한 후, 페트라 씨와 세바스찬은 다음 날부터 당장 폭언을 주고받기 시작했다고 한다. 오늘도 분명 화창하게 맑은 안티과 길거리에서 페트라 씨의 맑은 목소리가 울릴 것이다.

"차트!"

그도 온갖 지저분한 말로 그걸 받아치고 있겠지.

기분이 좋으실 때,
마그마가 우리에게
주는 선물

아타발 학생들의 꼬드김에 넘어가 화산을 등반했다. 살사를 무료로 가르쳐준다고 하면 춤을 추러 달려가고, 예전부터 전해져 내려온다는 수상쩍은 내장 세정술이 있다고 하면 냉큼 시험하러 가는 내가 재미있는지, 그들은 자꾸만 새로운 과제를 가져왔다.

"누님, 파카야, 파카야 화산. 파카야에 다녀오세요."

"용암이 흐르는 거, 생눈으로 보고 싶지 않으세요?"

"초보자도 가는 등산 코스예요."

이런 입발림에 넘어가 나는 태어나서 처음으로 등산 투어에 혼자 참여하게 되었다.

오르기 시작하고 10분도 지나지 않아 속은 것을 깨달았다. 뭐가 초보자 코스야. 무시무시한 강행군이었다. 무슨 수도자의 수행길 같았다. 안티과에서 같이 투어에 참여한 서양인 커플 두 쌍은 바닷가 리조트에라도 가는 가벼운 차림으로, 게다가 여자는 남자에게 짐을 들리고 태연하게 급경사를 올라갔다. 그러고는 혼자 뒤처지는 동양의 중년 여자를 저 위쪽 휴식 장소에서 허리에 손을 대고 내려다보았다.

제장, 육식인종들. 나는 짐도 물도 혼자 옮긴단 말이다. 단백질이 부족한 탓일까, 이쪽은 절반도 오르기 전에 온몸의 근육이 아프기 시작했다. 나는 반쯤 울먹이며 아무리 오르고 올라도 가까워지지 않는 정상을 향했다.

뭘 보려고 오르는 걸까. 너무 괴로워서 애초 목적을 잊어버렸을 때, 드디어 초목이 줄어들고 경이로운 경관이 나타났다. 철책 하나 없는 절벽 아래로 내 목적이었던 생생한 마그마가 땅을 울리며 흐르고 주변 나무들을 바싹 태웠다. 분화구에서 꿀렁꿀렁 검붉은 용암이 피처럼 흘러나왔다. 지구의 내장을 들여다보는 것만 같았다. 가까이에서 이렇게 보는 것만 해도 돈이 아깝지 않은 경험이었다. 그런데 투어는 불타는 강으로 점점 더 다가갔다.

모래땅이 갑자기 울퉁불퉁한 바위 발으로 바뀌고, 발아래에서 뜨거운 바람이 솟구쳤다. 아직 식지 않은 용암이 아래에서 김을 내뿜었다. 바위 틈새로 마그마가 주황색 혀를 날름거렸다. 휴지를 떨어뜨리자 순식간에 화르륵 재가 되었다. 10미터 너머는 용광로나 마찬가지였다. 불 위를 걷는 것은 그야말로 수행을 오래 한 자만 할 수 있는 기예인 줄 알았다. 그런데 내가 지금 불타는 마그마 위를 걷고 있다!

마그마 첫 체험에 흥분한 내 발 근처에서 가이드의 개가 아무렇게나 다리를 뻗고 낮잠을 자고 있었다. "오우, 핫도그!" 커플들이 한심한 농담을 하며 웃었다. 느긋한 웃음소리를 들으며, 나는 이런 경관을 안티과나 수도에서 겨우 반나절이면 왕복하는 투어로 간단히 손에 넣는다는 사실을 생각했다.

그건 그렇고, 지금도 분화하는 화산인데 관광이 잘도 허용되었다. 간판이나 철책 하나 없이 될 대로 되라는 운영에 감탄만 나온다.

게다가 이 화산을 오르는 위험에는 눈앞에 흐르는 용암이나 미끄러운 산길 이외에 산적의 습격도 있다는 사실을 알았을 때는 이미 산에서 내려온 뒤였다. 안내를 전부 스페인어로 했으니 어쩔 수 없다. 나는 아무것도 모른 채 절경을 만나고 등산이 주는 성취감을 조금 맛보고, 불 위를 걷는 기술까지 습득했다.

과테말라에는 화산이 아주 많다. 안티과에서 보이는 산 중에 유일하게 활동하는 푸에고 화산에는 지금도 때때로 불기둥이 선다. 밤에 그 산이 불똥을 튀기는 모습이 불꽃놀이 같다고 해서 종종 옥상 테라스에서 관찰했다. 딱 한 번 낮에 마법사의 등장 장면처럼 퍼엉, 하고 연기를 자욱하게 뿜는 광경을 보았다.

푸에고를 포함해 후지산 급의 화산에 둘러싸인 안티과는 지진 명소이기도 하다. 1976년에 대지진을 경험한 페트라 씨는 밤이면 집을 돌아다닐 때도 손전등을 들고 다닌다. 어디서 갑자기 쿠웅, 하는 소리가 들리면 페트라 씨도 나도 무심코 움찔 몸을 움츠린다. 지진이 잦는 나라에서 사는 사람끼리 공유하는 무언의 연대감이다.

나는 어느 나라를 가도, 이를테면 뉴욕에서도 이 조건반사에서 벗어나지 못했다. 그래도 몸을 움츠린 직후, '맞아. 여기는 그런 걱정을 안 해도 되지!'라고 생각하고서 깜짝 놀랐다.

지진이 없는 생활. 이 지구에 그렇게 안락한 삶이 있다는 것을 처음 깨달았다. 그때 그 해방감을 잊지 못한다. 평소 내가 무의식중에 마그마의 심기를 얼마나 염려하며 사는지 새

삼스럽게 실감했다.

마그마가 주는 당근과 채찍. 기분이 좋으실 때, 마그마는 우리에게 훌륭한 선물을 준다. 온천! 역시 조건반사일까? 이 단어의 아름다운 울림을 듣기만 해도 미간에 잡힌 주름이 쫙 펴진다.

일인극을 하러 전국을 여행한 약 3년 동안 북쪽에서 남쪽까지 일본 각지의 온천을 상당수 제패했다. 이래 보여도 알아주는 온천 마니아다. 어디의 어느 온천이든 당장 옷을 벗고 뛰어들 각오가 돼 있다.

그런데 과테말라의 마그마는 물을 데울까? 평소 욕조에 몸을 담그는 습관이 없고, 애초에 욕조가 있는 집이 드문 이 나라 사람들은 화산이 주는 이 선물을 어떻게 즐길까. 나는 동생 부부와 함께 2박 3일 온천 여행을 떠나기로 했다.

과테말라 제2의 도시 케트살테낭고 주변에 '온천가도'라고 불리는 비장의 온천 지역이 있다. 안티과에서 차로 3시간 조금 더, 표고 3,000미터 산길을 차로 넘어간다.

케트살테낭고 마을 외곽의 산으로 20분쯤 들어가자 길가에 목욕탕이 열 채 정도 늘어선 온천 거리가 나왔다. 로스 바뇨스. 번역하면 그대로 '목욕탕'이라는 지명이다.

바람에 유황 냄새가 섞였고 드문드문 뜨거운 김이 보였다. 온천에 들어가고 싶어 근질근질했다. 그런데 주변은 유카타를 입은 미인이 아니라 서부극에 나오는 굴러다니는 덤불이 어울릴 풍경이다. 털털대는 버스가 모래 먼지를 뿜어내는 길가에 분홍색, 노란색에 스카이블루 따위를 칠한 화려한 드라이브인 시설이 쭉 보였는데, 그곳이 바로 목욕탕이었다.

온천가에는 남탕도 여탕도, 또 혼탕도 없었다. 모두 개별 욕조다. 공중변소처럼 납작한 건물에 문이 주르륵 있는데, 열어보면 갑자기 다다미 세 장 크기의 타일 깔린 욕실과 텅 빈 욕조가 있다. 탈의실도 없고 샤워기도 당연히 없다. 1시간에 얼마로 방을 빌리면, 한 그룹이 나간 뒤에 청소를 하고 새 물을 받아준다.

물을 아낌없이 사용하는 것으로 보아 혹시 가짜는 아닐까 싶어 물을 먹어보았다. 생각보다 유황 냄새가 안 나는 그 물은 혀가 아릴 정도로 썼다. 물론 염소 냄새도 전혀 나지 않았다. 우오! 이거 예상 밖의 횡재일지도 몰라.

나는 동생이 준비해준 비닐봉지에 벗은 옷을 넣고, 얼른 처음으로 경험하는 과테말라 온천에 풍덩 들어갔다. 공중변소 같은 욕실에서 혼자, 남 눈치 볼 것 없이 팔과 다리를 뻗고 "으아아아!" 하고 환성을 질렀다.

다음 날 방문한 목욕탕에서는 다다미 여덟 장 정도의 넓은 개별실을 받아 수도꼭지에서 펑펑 나오는 온천을 또 독차지했다.

여기에 와서 알았는데, 이 나라 사람들은 가족 단위로 목욕을 한다. 내가 사용하는 것과 같은 크기의 욕실에 여섯이나 되는 가족이 다 같이 들어간다. 할머니에 아버지, 아이들과 묘령의 손자며느리까지 모두 알몸으로 함께 몸을 담근다. 세탁물을 가지고 온 일가족도 있다. 일본이라면 가족이라도 남성, 여성으로 나뉠 것이다. 처음에 우리 셋도 어떻게 나누면 좋을지 걱정이었다. 하지만 아무리 과테말라라고 해도 동생과 같이 목욕이라니, 절대로 싫다.

동생은 가이드 시절에 여러 차례 이 온천을 안내했다고 한다. 그러나 이미 샤워만 하는 생활에 익숙해졌는지, 욕조에 몸을 담그면 오히려 감기에 걸린다고 싫어했다. 일본인 정신은 어디에 버린 거야! 어깨를 잡고 마구 흔들어주고 싶은 소리였다. 물로 샤워만 하는 과테말라인이 "물을 뒤집어쓴다고? 꺅, 기분 나빠!"라고 말하는 것과 뭐가 다른가. 동생은 욕조에 들어가면 씻은 기분이 들지 않는다고 했다.

나는 동생에게 이 쓸쓸한 물이 얼마나 따뜻한지, 피부가 얼마나 매끈매끈해지는지, 일본 온천과 비교해도 우량이라고 인정할 만큼 뛰어난 온천수임을 알려주었다. 따뜻한 물에 몸을 담그는 기쁨을 떠올리길 바랐다. 떨떠름하게 페트라 씨와 같이 목욕을 한 동생은 "그러고 보니 땀이 안 나네"라며 온천의 효능을 비로소 깨달은 모양이었다.

그래도 동생은 일본인의 목욕 열망을 아예 잊진 않았다. 개축한 새집에는 언젠가 방문할지 모르는 어머니를 위해서 타일로 정성껏 만든 자그마한 욕조가 갖춰져 있었다. 나도 딱 한 번, 데운 물을 대야로 몇 번이나 옮겨 목욕을 즐겼다.

그날은 또 한 곳, 간선을 벗어나 더 산속에 있는 목욕탕에 갔다. 고사리 같은 식물이 무성한 길 없는 길을 나아가자 막다른 곳에 'AQUAS AMARGAS', 그 이름도 '쓸쓸한 물'이라는 단어가 적힌 고풍스러운 철제 아치가 나타났다. 정면에는 영화 〈미지와의 조우〉에 나오는 데빌스 타워 같은 기암이 있었다. 그 절벽 아래에 25미터 수영장 크기의 거대 노천탕이 김을 뿜어대고 있었다.

노천탕에서는 바지와 속치마를 입은 아이들이 서로 물을

뿌리며 놀았고, 아이들의 어머니는 민속 의상 스커트를 걸어 올리고 발만 찰방거리며 놀고 있었다. 안개가 비로 바뀌었지만 나는 아랑곳하지 않고 의욕에 가득 차서 수영복으로 갈아입고 탈의실 대신으로 사용한 실내 욕실에서 뛰어나왔다.

그 순간, 휴게소에서 쉬던 스무 명 남짓한 선주민 남녀가 "꺄악!" 하고 비명 같기도 하고 환성 같기도 한 소리를 질렀다.

내가 뭐 실수라도 했나? 나는 수영복 차림을 점검했지만 딱히 삐져나온 곳은 없었다. 그런데 당황한 나를 보고 그들은 또 폭소했다. 내가 추워서 부르르 몸을 떨자 더 난리가 났다. 발가락을 세워 젖은 돌 위를 날듯이 뛰자, 손뼉을 치면서 기뻐했다. 준비운동을 하고 풀에 뛰어들자 역시 큰 갈채를 받았다.

평소 볼거리가 부족한 탓인지 대단한 인기였다. 그러면서 먼저 놀고 있던 아이들은 내가 물에 들어가자 "끼아악, 꺅!" 하고 비명을 지르며 참새 떼처럼 후다닥 도망쳤다.

그 후로도 내 일거수일투족은 전부 그들의 웃음소리와 떠드는 소리로 채색되었다. 에라, 모르겠다, 수건을 머리에 얹고 노래도 한 소절 불러주었다.

이 나라의 산골 마을에서는 지금도 텔레비전을 보고 "안에 사람이 들어있는 거요?"라고 묻는 사람이 있다고 한다. 그렇다면 외국인 자체도 보기 드문데, 마치 미래 의상 같은 수영복을 입고 따뜻한 물속에서 헤엄치는 덩치 큰 외국 여자가 우주인처럼 보였을지도 모른다.

박수를 받으며 노천탕에서 나오자, 이번에는 질문 타임이었다. 멀리서 빙 둘러싼 폼이 가까이 오기는 좀 무서운가 보다. 물론 무슨 말을 하는지 하나도 알아듣지 못했다. 그래도 그들이 소리 높여 퍼붓는 말 중에 한 마디, 오직 딱 한 마디 알아듣는 단어가 있었다.

"하포네사."

안티과에서도, 주변 마을에서도, 중국인이라고 연신 불렀다. 황인종을 보면 그들은 지구 어디에 있는지도 모르는 나라의 이름을 불러댔다. 그런데 여기 사람들은 신기하게도 내가 태어난 나라의 이름을 알고 있었다. 아마 온천의 고마움을 아는 이 지역 사람만은 온천을 사랑하는 친구=일본인(하포네사)임을 알아주었나 보다.

내리기 시작한 비가 거세어졌지만 나는 아쉬움이 남아 노천탕에 다시 들어갔다. 실내 욕실에서 나온 동생 부부도 마을 사람들 틈에 끼어 굵직한 비를 맞으며 느긋하게 온천을 즐기는 일본인을 보고 웃었다. 물이 참 좋았다. 몸도 마음도

후끈후끈 따뜻해져서 이제 한동안 목욕한 뒤에 한기를 느끼

진 않을 것이다.

술도 담배도
신의 소유물

"그 담배, 나랑 교환하지 않을래요?"

위험인물로 여겨지지 않고 다른 사람에게 접근하려면 이렇게 부탁하는 것이 제일 좋다. 나는 상대가 피우는 처음 보는 이국 담배에 흥미가 있는 척을 한다.

외국의 상투적인 헌팅 기술이라 고리타분하지만 꽤 효과적인 방법이다. 아무리 기다려도 절대 헌팅을 당하지 않을 여자는 이런 고전적인 꾀에 능하다.

영화 촬영으로 핀란드에 갔을 때, 현지 젊은 스태프들이 식사를 마치고 궐련을 멋지게 말아 피우며 눈을 가늘게 뜨고 황홀경에 빠진 것을 보고, 나는 반년이나 지켜온 금연에 종지부를 찍었다. 저 자그마한 종이 끝을 핥아 잎을 싸고 향이 좋은 궐련을 딱 한 번이라도 피우고 싶었다. 사실은 그냥 그들의 연기 속으로 들어가고 싶었다.

그들은 익숙하지 않은 나를 위해 담뱃잎을 모으는 법과 종이를 마는 방법을 열심히 가르쳐주었다. 나는 휴식 시간마다 그들과 담배를 태우는 흡연 동료가 되었고, 일을 마친 후에 같이 술잔을 나누는 음주 동료가 되는 데에도 감쪽같이 성공했다.

이번에도 나리타 공항 면세점에서 한 상자 사온 분홍색 패키지 담배가 한몫을 톡톡히 했다. 말을 몰라도 손짓 발짓으로 각자 나라의 담배를 교환하면 거리가 단숨에 가까워진다. 소소한 연대감도 생긴다. 선물로 줘도 기뻐한다. 세계에서 드물게 맛이 다양한 일본 담배는 아주 편리한 외교 도구다.

어느 주말, 큰 페르난도의 친구가 연 홈 파티에 초대를 받았다. 젊은 남자들에게 둘러싸여 아주 기분이 좋았지만, 안타깝게도 그 누구와도 말이 통하지 않았다. 어쩔 수 없이 혼자 생글생글 웃으며 닭발을 먹고 술만 홀짝였다.

그래도 식사를 마친 뒤 흡연 타임 때, 작전은 멋지게 성공했다. 가방에서 꺼낸 분홍색 복숭아 맛 담배는 그들의 마음을 순조롭게 사로잡았고, 나는 간신히 말에 의존하지 않는 대화의 시작점을 붙들었다. 담배는 순식간에 텅 비었으나 나는 그 대신에 과테말라의 강한 담배와 그들이 따라주는 술을 마시는 서비스를 받았다. 어쨌거나 마지막에는 어깨동무를 하고 술주정을 부릴 수 있는 소소한 헌팅이다. 그리고 무슨 인연인지 이 나라에는 마치 나의 수호신처럼 술과 담배를 좋아하는 신이 있었다.

"아저씨예요."

교타 씨와 사토 씨 부부의 이야기를 들어보니, 그 신은 양복을 입고 수염을 기른 아저씨인데 술과 담배를 바치면 어떤 소원이든 들어준다고 했다. 산시몬 님, 혹은 마시몬 님이라고 불리는 신이다. 이 지역 사람들은 유럽에서 도래한 예수나 마리아를 모시면서도 이 신에게 현세의 이익을 빈다. 어쨌든 술과 담배를 좋아하는 신, 아저씨. 이거, 한 번쯤 인사를 하러 가야겠는데?

안티과 선물 가게 구석에서 파는 자택용 산시몬은 등신대에 단순히 조악한 인형이었다. 백인에 뾰족하고 길쭉한 얼굴. 모두 챙이 넓은 모자를 쓰고 8자 수염을 멋지게 기르고 있다. 그것만큼은 꼭 지켜야 하나 본데, 차림은 동네 아저씨들보다 볼품없었다. 낡은 체크 플란넬 셔츠와 빛바랜 남색 상의를 입은 모습은 신이라기보다 유랑자 같았다. 이 나라 사람들은 이 유랑자에게 무슨 소원을 어떻게 빌까? 나는 진짜 신을 꼭 만나고 싶었다.

첫 번째 신은 안티과에서 30분쯤 산으로 들어간 산안드레스 이차파 마을에서 만나 뵈었다. 페트라 씨와 몇 차례 방문한 적 있다는 아키코 씨가 안내해주어서 마을 외곽의 사당을 금방 발견했다. 가지런히 놓인 수많은 색색의 촛불, 사당 안에는 촛불 이외의 빛이 없었다. 어둠 속, 가장 안쪽 제단 위에 산시몬이 있었다.

카우보이모자에 위아래로 까만 양복. 오른손에 든 지팡이가 만약 라이플이었다면 극악무도한 살인마로 보일 모습이었다. 꽃을 잔뜩 장식해서 엄숙한 감실에 모시긴 했는데, 모양새는 여전히 조잡한 밀랍인형이었다. 외국인인 내게는 이 대충대충에 저렴한 모양이 오히려 말로 표현하기 어려운 위압감을 신에게 주는 것 같았다. 왠지 기분이 나빴다.

제단 아래에 소원을 이루어주는 초를 켰다. 촛불은 총 아홉 가지 색인데, 각 색에 따라 주는 이익이 다르다. 예를 들어 빨간색은 연애, 초록색은 일, 파란색은 돈, 분홍색은 건강이다. 검은색은 미운 사람을 불행하게 하는 효과가 있다고 한다. 동생은 새까맣고 두꺼운 촛불 앞에서 정성껏 기도하는 할머니를 한 번 보았다고 한다. 어쩌면 며느리를 저주했을지도 모른다. 나는 아홉 가지 세트를 다 사서 염원을 담아 불을 붙였다.

내가 부족한 인간이라 그런지, 이렇게 욕심보가 드러나는 신이 좋다. 그래서 나도 더 욕심을 내어 온천여행에서 돌아오는 길에 산이나 호반 마을에 모셔진 산시몬과 마시몬을 일부러 방문하기로 했다.

케트살테낭고 온천가도 근처, 스니르 마을의 산시몬은 역시 이상한 풍모의 신이었다. 옷차림은 이차파와 마찬가지로 영화 〈저수지의 개들〉의 등장인물처럼 까만 양복에 조잡한 모자를 썼는데, 아무리 봐도 얼굴이 어린아이 생김새였다. 셀룰로이드 큐피에 헐렁헐렁한 양복을 입힌 것 같았다. 그 신 역시 8자 수염 살인마와는 또 다른 위압감을 자아냈다.

신 앞에 담당자가 술을 담는 도기를 들고 대기했다. 사당 입구에서 산 럼을 그 접시에 따르자 신의 입을 가리켰다. 바치라는 뜻인가? 어리벙벙해서 내가 빠끔 연 작은 입술에 그릇을 대자, "쾅" 하는 소리가 나더니 갑자기 의자가 뒤로 쓰러졌다.

치과 혹은 이발소 의자 장치인가 보다. 신의 몸을 눕힐 테니까 입에 술을 따르라는 것이다. 젖병이 어울릴 귀여운 입에 아릴 정도로 강한 술을 부었다. 큐피처럼 생긴 신은 소리하나 내지 않고 사슴 마크가 그려진 싸구려 럼 보틀을 한 병다 해치웠다.

사토 씨와 같이 간 안티과의 술집 칸틴에서 나도 이 술을 마신 적이 있다. 사슴 마크 베나드. 알콜 향이 강한 36도 럼이다. 닭 마크 맥주인 가요와 함께 여기 사람들이 가장 편하게 즐기는 술이다.

안티과에는 일반적으로 생각하는 술집이 적다. 바는 잔뜩 있지만 대부분 외국인이 점령하고, 이곳 사람들은 집에서 마신다. 혹은 술을 파는 가게에 서서 마신다. 동생이 운영하는 티엔다 같은 곳에서 맥주를 사서 길가에 모인다. 약국에서 입수한 약용 알콜을 마시고 쓰러진다. 보통 이 중 하나다. 그래서 안티과의 가장 오래된 칸틴은 지역 주민을 위한 소중한 술집이다.

서부극에 나오는 술집처럼 양쪽으로 열리는 문을 열면, 장식이라곤 없는 어두운 공간에 의자와 탁자가 어지러이 놓여 있다. 카운터 안에는 냉장고만 있다. 메뉴도 없다. 안주도 없다. 얼음도 없다. 붙임성도 없다.

맥주를 부탁하면 체격이 당당한 아줌마가 병과 잔을 툭 놓아준다. 럼을 주문하면 병과 함께 스프라이트나 콜라를 가져다준다. 그것으로 희석한다. 부탁하면 라임 정도는 썰어준다고 한다. 안주는 각자 가져와야 해서 손님은 스낵 과자 따위를 안주 삼아 얼음 없는 미지근하고 달짝지근한 술을 마신다. 참 편한 장사다.

내가 그렇게 말하자 사토 씨는 "아니에요, 잘 봐요. 저 아줌마가 아니면 절대로 못할 장사예요"라며 싱긋 웃었다.

그러고 보니 아줌마는 문이 열린 순간 손님을 품평하는지, 돈을 제대로 내고 얌전히 술을 마실 손님에게만 술을 내주었다. 지켜보았더니 몇 명 중 한 명은 반드시 쫓아냈다. 갈지자로 걷는 손님은 거들떠보지도 않고 들은 척도 않는 아줌마의 완벽한 대응과 노려보는 눈빛에 져서 비틀비틀 물러갔다.

거친 사람 천지인 이 마을에서 술집을 운영하려면 이 아줌마처럼 사람을 구분하는 눈과 취객을 얌전히 물러가게 하는 기술과, 무엇보다 함부로 덤비지 못할 관록이 있어야 하나 보다. 이것이 이 마을에 술집이 적은 이유였다.

우리는 맥주와 버나드 작은 병을 스프라이트 두 캔으로 희석해서 마셨다. 취기가 신기하게 오는 특이한 술이었다. 다들 입 모아 말하는 무서운 두통이 닥치진 않았지만 현기증이 오고 영 가시지 않았다. 이렇게 취하는 술은 처음이었다.

세 번째 신은 아티틀란 호수 건너편 기슭 마을에서 만나뵈었다. 온천 여행 마지막 날, 과테말라 배는 신용할 수 없다며 승선을 거부한 페트라 씨를 혼자 남겨두고 우리는 배를 빌려 세계에서 가장 아름다운 호수라고 일컬어지는 호수를 건넜다.

백인 스타일을 모방한 다른 산시몬과 달리 마시몬이라고 불리는 이 마을의 신은 손도 발도 없고, 몸은 마야 민족의상의 천으로 덮여 있었다. 선주민들이 주로 모시는 신인 것 같았다. 마찬가지로 넓고 까만 모자를 쓰고 있었지만 그 아래로 보이는 얼굴은 눈코입이 대충 새겨진 단순한 목제 가면이었다. 밀랍인형 같은 산시몬과 달리 현실감이 없는 신이었다. 그래도 입만큼은 제대로 있어서 불불은 진짜 궐련을 물고 있었다.

좁은 방에는 선주민들 몇 명이 조아리고 앉아 있었다. 그런데 촛불 세트도 없고 기도하는 방법을 가르쳐주는 담당자도 나오지 않았다. 동생과 둘이서 멀뚱멀뚱 서서 기도하는 수밖에 없었다. 이 나라의 신이니까 일단 옆에 있는 이 녀석을 잘 부탁드립니다. 소원을 빈 후, 무얼 바쳐야 할지 고민했다. 일단 주머니에서 담배를 꺼내 한 개비, 신 앞에 놓인 접시에 올려놓았다. 마야의 신과 흡연 동료가 된다.

대충 눈치를 살피며 놓은 내 작은 공물은 옆에서 대기하던 마을 사람의 손을 거쳐 신의 입으로 바로 옮겨졌다. 저렇게 두꺼운 궐련을 문 입에 여성용의 가느다란 담배가 제대로 들어가기나 할까.

어떤 구조인지, 신은 어렵지 않게 담배를 물었고 불을 피우자 곧 자색 연기가 피어났다. 달콤한 향기가 났다. 저 먼 지팡구°에서 온 분홍색 복숭아 맛 담배. 그런데 애석하게도 니코틴과 타르가 너무 낮았다. 과테말라의 강한 담배를 선호하는 신이 과연 순한 1밀리 담배로 복을 줄 마음이 들까?

참고로 인류 최초로 담배를 피운 민족은 고대 마야인이었다고 한다. 그 옛날 그들은 담배를 종교의식이나 주술적 치료에 사용했다. 불의 신이 깃든 연기를 마셔 몸 속의 악마를 몰아내려고 했다.

술 역시 제사에 사용되었다. 풍작을 바라며 대지에 바쳤다. 혹은 사람이 먹어 환각 속에서 신과 만났다. 이 나라에서는 술도 담배도 근원을 따지면 신의 소유물이었다.

° 일본을 지칭하는 말로, 마르코 폴로의 여행기를 통해 유럽으로 전해진 호칭이다. '황금의 나라'라는 뜻.

만약 콜럼버스가 담뱃잎을 이 대륙에서 유럽으로 가지고 가 각국에 흡연 습관을 퍼뜨리지 않았다면, 오늘날 내 오른손에는 이 얄미울 정도로 매혹적인 헌팅용 소도구는 존재하지 않았을지도 모른다.

　신의 은혜를 물려받은 덕분에 나는 지금 아주 행복하게 술에 취하고 담배를 손에 들고 세계인들과 이야기를 나눈다. 감사하다. 정말 감사하다는 말밖에 할 것이 없다.

쓸쓸한 건 아니에요,
그렇다고
쓸쓸하지 않은 것도 아니고요

2박 3일간 온천과 신을 돌아보는 여행에서 돌아오자, 삐친 작은 페르난도가 마중을 나왔다. 두고 가서 토라졌나 보다. 예상치 못한 반응이었다.

옆에서는 제시카가 발작이라도 일으킨 것처럼 코를 킁킁 대며 엉덩이 전체를 자칫하면 끊어질 정도로 흔들면서 동생의 다리에 달라붙었다. 페트라 씨도 여행 중에 제시카를 떠올리며 눈물을 글썽였을 정도니, 셋이서 아주 난리가 났다.

웬일인지 큰 페르난도와 엠마도 기다리고 서서 제시카와

○ '잘 와주셨습니다', '이렇게 와주셔서 감사합니다'라는 뜻인 '요우코소오이데쿠다사이마시타(ようこそおいでくださいました)'를 잘못 쓴 것.

170

재회를 마친 페트라 씨를 끌어안고 뺨과 이마를 비비며 무사 귀환을 반겼다. 겨우 이틀을 외박했을 뿐인데 시끌벅적하게 환영하는 일가족이다.

일가족을 조금 떨어진 곳에서 지켜보는 작은 페르난도는 역시 조금 쓸쓸해 보였다. 그는 우리가 여행하는 중에도 결석하지 않고 아타발에 찾아와 동생과 페트라 씨를 대신해 도우미인 에텔이나 헤르베르 등이 농땡이를 부리지 않는지 감시했을 것이다. 어머니의 부재를 틈타 툭툭 일을 쉬려는 큰 페르난도에게 제대로 일하라고 설교까지 했다는 이야기도 들었다.

환영의 장에서 왠지 모르게 따돌림을 당한 둘은 먼저 거실로 들어갔다. 나는 평소보다 더 축 처진 작은 페르난도의 어깨를 가볍게 두드리고, 방에 짐을 두러 갔다. 무슨 착각을 했는지 작은 페르난도도 내 뒤를 따라왔다.

문을 열자, 대체 무슨 영문인지 내 방 가득 풍선이 떠 있었다. 노란색 벽 정면에는 도화지가 붙어 있고, 금색 물감으로 신기한 일본어가 적혀 있었다.

ようこそおレてくたさいまけこ(요우코소오레테쿠타사이마케코)。

일본어, 특히 히라가나는 어렵다. 외국인에게는 한자나 가타카나보다 균형을 잡기 어려운 모양이다. '케(け)'의 왼쪽 부분은 아마 '시(し)'를 쓰려고 했는데 너무 작아지는 바람에 '시타(した)'가 아니라 '케코(けこ)'처럼 됐나 보다. 구석에 서명도 있는데 배분을 잘못했는지, '난데(ナンデ)'로 끝이 났다. '페르난디트(フェルナンディート)'를 끝까지 쓰지 못했다. 사전을 보고 옮겨 썼을 것이다. 뒤를 돌아보자 그 본인이 입구에 서서 쭈뼛거리며 나를 지켜보고 있었다.

나는 이 기분을 어떻게 표현하면 좋을지 몰라 작은 페르난도의 어깨를 붙잡고 정신없이 흔들며, "그라시아스! 그라시아스! 무차무차 그라시아스!"라고 고마움을 담아 외쳤다.

굳은 표정을 지었던 작은 페르난도가 순간 폭죽이 터지듯이 환하게 웃었다. 삐친 것이 아니라 자기가 준비한 깜짝 선물이 어떻게 될지 긴장했나 보다.

자세히 살펴보니 색색의 풍선을 사방 벽에도 붙여 방 전체가 축제회장 같았다. 베갯머리 테이블에는 연분홍색 장미꽃 다발까지 아담하게 장식되어 있었다. 거기에는 '페르난도와 엠마로부터'라고 적힌 카드가 있었다. 그러고 보니 출발하기 전에 큰 페르난도가 어설픈 영어로 "무슨 색이 좋아요? 무슨 색을 좋아해요?"라고 연거푸 물었다. 나는 나이답지 않게 분홍색을 아주 좋아한다.

그건 그렇고 지금에 와서 '잘 와주셨습니다'는 대체 무슨 의미일까? 작은 페르난도는 스페인어-일본어 사전에서 어떤 스페인어를 찾은 것일까? '잘 돌아오셨어요'라는 의미일까. '이번에 과테말라에 잘 와주셨어요'라는 의미일까. 아니면 '또 와주세요'라고 말하려는 것일까.

사실 이 풍선이 쪼그라들기 전에 나는 이곳을 떠나야 한다. 보름은 정말 순식간이었다.

이번에는 멕시코시티에서 비행기를 갈아타고 돌아갈 예정이었다. 그 김에 멕시코에서 사나흘 머물며 느긋하게 지내다가 갈 생각이었다. 멕시코는 내게 미지의 나라다. 타코스를 먹고 유적을 구경하고 동생의 친구인 일본인이 운영하는 숙소에서 정보를 모아 생소한 나라를 둘러보고 돌아가야지. 그러려고 했다.

그러나 그러려면 내일이나 모레에는 출발해야 한다. 하지만 여기가 워낙 기분 좋아서 내 엉덩이는 무거워질 대로 무거워졌다. 게다가 환영 의식에 감동한 나머지 나도 모르게 작은 페르난도의 집에 놀러 갈 약속을 해버렸다. 멕시코 홀로 여행의 일정이 순식간에 깎여 나갔다.

마지막 주말, 늘 그렇듯이 토요일 장을 보러 같이 시장에 갔다. 동생의 가족은 토요일이 되면 오전 시간을 다 써서 일요 정식용과 일주일분의 식료품을 사둔다. 짐이 워낙 많아서 늘 픽업트럭으로 옮겼다. 나는 거대한 고깃덩어리나 대량의 채소, 화장실 휴지 등과 함께 경트럭 짐칸에 앉아 돌아오는 것을 특히 즐겼다.

동생의 장보기는 실제로 물건을 사는 것보다 가게 사람과 대화를 나누느라 소비하는 시간이 더 많다. 가게에 들어가면 일단 의자나 맥주 케이스에 걸터앉아 담배를 피우고 수다를 떨면서 물건을 고르는 식이다. 같이 있다가는 배기지 못하니까 나는 시장 식당에서 점심을 먹기로 약속하고 동생 부부와 헤어졌다.

내가 뭘 사려고만 하면 반드시 "비싸요, 비싸!"라고 일본어까지 하며 말리는 페트라 씨와 떨어진 나는 혼자 마음껏 선물을 사들이고, 마을에서 가장 평판이 좋은 주스 스탠드에서 가게에 있는 과일을 몽땅 넣은 주스에 도전했다. 페트라 씨의 흥정은 교섭이라기보다 논쟁 혹은 설교에 가까운 단어 수가 들어가고 시간도 많이 걸린다.

약속 시각을 10분쯤 넘겨 식당에 도착하자 당연하게도 아직 아무도 없었다. 정확한 시간을 모르는 사람들과 만나려고 하니까 감을 잡기 어렵다.

동생은 답답하다는 이유로 손목시계를 차지 않고, 페트라 씨의 손목시계는 늘 나와 10분이나 20분쯤 차이가 났다. 동생에게 시간은 보는 것이 아니라 주변 사람에게 묻는 것이라고 한다. 텔레비전 뉴스도 정시에 시작하지 않는 나라다. 물어본 사람의 시계도 자기 편한 시각을 가리킬 것이 뻔하다. 라틴 시간에 익숙해졌다고 생각했는데, 아직도 고작해야 10분 지각하는 내가 한심했다.

어쩔 수 없이 식당 아주머니에게 스페인어 단어를 나열해 나중에 오겠다고 전하고 시장을 한 바퀴 더 돌았다. 20분쯤 돌아다니다가 식당에 갔더니 아주머니와 대화를 나누던 동생이 "누나, 스페인어를 말했다며?"라고 아주 흥분해서 물었다. 아주머니도 감탄하며 고개를 크게 끄덕였다. 나는 딱 세 단어만 말했다.

"오이(오늘)."

"아키(여기)."

먹는 시늉을 하며

"데스푸에스(나중에)."

이것뿐이다.

그런데도 아주머니는 기뻐하며 의자에 앉은 내 어깨를 어루만지고 등을 쓸어주었고, 페트라 씨까지 모이자 시장을 다니는 삼인조 마리아치°를 불러 우리 테이블에 라틴 가요 라이브 연주를 선물해주었다. 겨우 세 단어인데 이 소동이다.

나와 동생이 마르베니 아주머니라고 부르는 이 아주머니에게는 일본 피가 섞여 있다. 할아버지가 일본 선원이었고, 이 나라에 흘러들어와 그대로 정착했다고 한다. 길게 이어지는 아주머니의 성씨 중 어딘가에 아카자키라는 일본 성이 남아 있긴 해도 아주머니는 외모는 물론이고 말도 완전히 이 나라 사람이다.

아주머니는 시장에서 '포에리아 하포네사', 즉 '일본 닭집'이라는 닭고기 전문 가게를 운영했는데, 자식을 셋 낳아 닭고기 전문점, 소고기 전문점, 식당으로 영역을 확장해 하나씩 맡겼다. 남편은 바람을 피우다가 가출. 여자 혼자 가게와 아이를 키워 지금은 시장의 실력자다. 아주머니 가족과 동생 가족은 일본인이라는 연결고리로 오래전부터 친척처럼 가깝게 지낸다. 동생은 아주머니의 딸의 콤파드레, 가톨릭 의식을 할 때 후견인이자 대부다. 영어로 말하면 가드파더다.

○ 야외에서 멕시코 등지의 민속곡을 연주하는 악단.

마르베니는 딸의 이름이다. 일본의 회사 이름처럼 들리지만 라틴 느낌도 나는 좋은 이름이다. 그래서 안티과 시장에는 커다랗게 'MARUBENI'라는 간판을 건 정육점이 있다. 똑같은 과테말라 고기라도 질이 좋아 보이니 참 신기하다.

얼마 전에 마르베니가 딸을 낳았다. 아주머니는 동생에게 일본어 이름을 지어달라고 부탁했다. 동생이 고민하다가 누나 이름을 붙이자고 했다. 그래서 아기의 이름은 내 본명인 '유미'가 되었다.

이번에는 안타깝게도 마르베니와 유미라는 이름을 받은 그녀의 딸은 만나지 못했지만 머지않은 미래, 내 이름이 적힌 간판이 이 시장에 생긴다고 생각하니 조금은 자랑스럽다. 언젠가 그 소녀가 나를 보고 실망하지 않게 멋진 인간이 되어야지.

일본에서 온 친척이 단어의 나열뿐이라도 스페인어를 말하기 시작한 것이 그렇게 기쁜 일일까. 동생이 다음 주에는 이제 누나가 못 온다고 하니까 아주머니는 가게로 가더니 털 뽑은 오리 한 마리를 가져왔다. 그리고 단것이라면 사족을 못 쓰는 이곳 사람들이 커피보다 좋아하는 초콜라테를 갖고 가라면서 내게 내밀었다. 원반 형태로 굳은 카카오 가루 덩어리는 기왓장처럼 무거웠다. 털 뽑힌 오리는 무서워서 들엄두가 나지 않았다.

하루하루 멕시코행을 미룬 나는 결국 빠듯할 때까지 동생
의 집에 머물렀다. 대사관에서 일하는 히로미 씨의 호화 저
택을 견학하고, 아타발 선생님의 자택 결혼 파티에 참석하
고, 11인 가족이 비좁게 사는 작은 페르난도의 집에 초대를
받아 마지막의 마지막까지 안티과 가정 방문으로 바빴다.

작은 페르난도는 어린 여동생들에게는 오빠의 여유를 보
였고, 안티과 라디오 방송국의 인기 DJ인 형과 우등생인 누
나 앞에서는 불량한 동생처럼 굴었고, 할아버지에게는 응석
을 부리고 할머니의 일을 도우며 팔방미인으로 대활약했다.
이제 곧 떠나야 하는데 헤어지기 싫은 사람과 가족이 자꾸만
늘었다.

그런 나를 보며 별명이 '선생'인 동생 친구가 "누님은 좋겠
어요. 안티과에 고향이 있는 거니까"라고 말했다. 그는 부모
님을 여의고 일본을 떠나 그동안 모은 돈으로 평생 일하지
않고 유유자적 살고 있었다. 나와 동년배인 외톨이다. 그런
삶도 괜찮을지도. 세상에는 다양한 선택지가 있으니까.

한편으로 나 역시 이곳 가족들 틈에 섞이고 싶은 심정과
한시라도 빨리 혼자가 되고 싶은 심정을 저울질하며 갈팡질

팡하고 있었다. 생각해보면 이 나라에 온 이후로 나는 늘 정반대인 이 두 속내 사이에서 계속 흔들리고 있었던 것 같다.

출발하는 날은 아침이 일렀다. 정오쯤에 멕시코시티에 도착하면 반나절은 수도를 돌아볼 수 있을 것이다.

13년 전에는 눈물 콧물 다 흘렸던 페트라 씨의 이별 의식도 이번에는 산뜻하게 끝났다. 컴퓨터가 연결된 이상, 언제라도 대화하고 얼굴을 볼 수 있으니까 감동적인 이별도 없다. 그리고 나는 앞으로도 이곳에 종종 올 것 같았다. 페트라 씨도, 나란히 선 크고 작은 페르난도도 그런 마음으로 보냈을 것이다. 마치 "아시타 마냐나", 내일 또 보자고 말하듯이. 상쾌하고 기분 좋은 이별이 내 마음을 한층 가볍게 해주었다. 언제든 들를 곳을 손에 넣은 것 같았다.

배웅하러 온 동생과 공항 포요 캄페로에서 프라이드치킨을 먹고 헤어졌다. 자, 이제부터 염원하던 멕시코 홀로 여행이다.

비행기가 과테말라를 떠나기도 전에 성질 급한 나는 얼른 멕시코 여행 책자를 들추기 시작했다. 과테말라 여행 책자는 단 한 번도 펼치지 않았다는 생각을 하며 창 너머를 바라보자 이미 아래는 구름바다였다. 저 먼 곳까지 펼쳐진 과테말라 우기의 구름. 그리고 그 구름 사이로 딱 하나, 사발을 뒤집어놓은 것 같은 산 정상이 우뚝 보였다. 안티과에서 매일 바라보았던 볼칸 데 아구아.

갑자기 왜 이럴까, 내 눈에 아구아(물)가 맺혔다. 무슨 아구아일까. 의미를 몰랐지만, 어쨌든 아구아가 퐁퐁 샘솟았다.

창가 자리에 앉은 아저씨가 고개를 돌리다가 내 눈물 젖은 얼굴을 보고 시선을 피했다. 죄송해요. 슬퍼서 이러는 게 아니에요. 기쁜 것도 아니고요. 쓸쓸한 것도 아니에요. 그렇다고 쓸쓸하지 않은 것도 아니고요. 속으로 그렇게 속삭이며 나는 그 달고 쓴 물을 훌쩍였다.

우리 마스터의
커피

과테말라는 커피로 유명한 나라다. 과테말라라는 단어를 듣고 나라 이름이라고 생각하는 사람보다 커피콩 브랜드를 떠올리는 사람이 훨씬 많을 것이다. 처음에 동생이 과테말라에 갔다고 들었을 때, 나 역시 커피 전문점의 구리색 간판에 만델리나 모카와 나란히 적힌 이름을 떠올렸다.

화산재가 쌓인 흙, 잔뜩 쏟아지는 비, 높은 표고, 과테말라에는 맛있는 커피콩이 자라기에 적합한 조건이 모였다. 고도가 높으면 높을수록 좋은 콩을 키울 수 있다고 한다. 품질로는 세계 최고 수준이다. 그중에서도 안티과는 과테말라 커피의 대표 브랜드가 될 정도로 유명한 산지다. 최근 일본에도 이 마을의 이름을 붙인 캔 커피가 나올 정도다.

그럼에도 불구하고 말이다. 과테말라에서 마신 커피는 탄식이 나올 정도로 맛이 없었다. 그 나라를 여행하는 사람이다 동감하는 감상일 것이다. 어디에 가도 여행자로서 커피라고 인정하고 싶지 않은 음료만 나온다. 뜨거운 보리차 정도? 그것도 향이 날아간 페트병 보리차. 그런 수준이다. 안티과역시 마을에서 평범하게 마시는 커피는 어느 가게에서든 색만 진한 보리차였다. 13년 전에도 그렇고, 이번에도 변함없이 묽었다.

좋은 커피콩은 수출용이고 현지 사람들은 질 나쁜 것을 쓴다고 설명하는 사람도 있다. 원래 커피를 마시는 습관이 없는 사람들이 물 대신에 마셔서 그런다는 사람도 있다. 어쨌든 과테말라에서 얻는 소량의 값비싼 콩은 이 나라 사람들 손에 닿지 않는다는 소리다.

관광객이 모여드는 세련된 카페는 그래도 최근에 에스프레소 기계를 도입했다는데, 동생 이야기를 들어보니 안티과 카페에서 안티과산 커피를 쓰는 가게는 거의 없다고 한다. 게다가 슈퍼에서는 좋은 커피 가루에 대놓고 커피콩 백퍼센트라고 적어서 판다. 백퍼센트가 아닌 것도 있다는 소리다. 보아하니 싼 가루에는 보리나 옥수수 따위를 로스팅해서 섞나 보다. 보리차 맛이 나는 것도 당연하다.

　동생 집에서 마시는 커피는 네스카페의 인스턴트였다. 페트라 씨와 에렐은 간식으로 건빵처럼 딱딱한 비스킷을 인스턴트커피에 푹 적셔서 먹었다. 아니, 간식뿐만 아니라 식후에도, 가끔은 식전에도 틈만 나면 푹 적셨다.

　동생 집에서만 그런 줄 알았는데, 그쪽에서는 아주 일반적인 방식이었다. 과테말라 사람에게 커피는 건빵을 불리기 위한 맛이 나는 뜨거운 물로, 향을 즐기는 한 모금이 아니다. 커피로 나라 경제를 유지하면서 그 나라 사람들은 맛과 향에 아예 무관심하다.

　심지어 너 나 할 것 없이 설탕을 잔뜩 집어넣는다. 어느 가게에 가도 커피를 시키면 반드시 설탕 봉지가 서너 개쯤 딸려 온다. 다른 사람들이 설탕 봉지를 차례차례 찢어 미지근하고 연한 커피에 들이붓는 모습을 보고 있자니 내 혀도 달콤해졌다.

　페트라 씨도 그랬다. 설탕을 수북하게 두 숟가락 넣는 것까지는 뭐, 꾹 참고 볼 수 있다. 그러나 세 숟가락, 네 숟가락 계속 넣는 것을 보고 있으려니, 한번은 나도 모르게 "우엑" 하고 소리를 내고 말았다. 그 소리를 들은 페트라 씨는 까만 시럽 같

183

은 음료를 저으며 눈을 찡긋하고는 이렇게 말했다.

"인생이 너무 씁쓸하니까 최소한 커피만큼은 달게 하는 거예요."

페트라 씨만의 재치 넘치는 대꾸였는데, 이후로 나는 그들이 커피에 설탕을 아무리 듬뿍 넣어도 차분하게 지켜볼 수 있었다.

일본 부모님 댁에 커피 도구가 생기기 시작한 것이 언제였더라. 내 기억에 우리 집에 처음 커피콩을 들여온 것은 동생이었다. 동생과 우리 집안의 국교가 회복되고 동생이 커피콩을 선물로 들고 가끔 돌아오기 전까지, 우리 집은 인스턴트 이외의 커피를 마시는 습관이 없었던 것으로 기억한다.

그때부터 차츰차츰 부모님 댁에 커피 향이 감돌기 시작했다. 그러다가 커피 밀도 등장했다. 식사를 마치면 아버지는 꼭 커피콩을 득득 갈고 도구를 데워 금 필터로 지옥처럼 뜨거운 커피를 내렸다. 나중에는 에스프레소 머신과 가정용 배전기까지 완비했다. 어느새 아버지의 커피는 "마스터의 커피를 마시면 다른 건 못 마셔"라는 평을 들을 정도로 수준급이 되었다.

과테말라 식생활을 하며 내가 유일하게 그리웠던 것은 재미있게도 커피였다. 맛있는 커피가 너무 마시고 싶었다. 그 이외에는 부족함을 못 느꼈다. 보리차 커피에 대한 반발이었을까. 과테말라 요리와의 조합이 문제였을까.

이건 참 신기한 증상이었다. 나는 원래 밖에서든 집에서든 딱히 커피를 마시는 습관이 없었다. 있으면 거절하진 않지만 일부러 마시진 않는다.

나는 어려서부터 누가 뭐래도 일본 차를 선호했다. 지금도 옥로玉露, 전차煎茶, 번차番茶를 상비해두고 하루에도 몇 번씩 잎을 바꿔가며 차를 즐긴다. 장기 여행을 떠날 때도 당연히 좋아하는 차를 챙겨 간다.

화재로 주전자도 불탔다고 해서 이번에는 주전자까지 가져갔다. 그래서 잠에서 깼을 때와 식후의 감미로운 한 잔을 정말 자유롭게 즐겼다. 그런데 대체 왜 그랬는지, 맛있는 커피가 그리워서 견딜 수 없었다.

보름간의 과테말라 여행에서 돌아와 일본의 우리 집에 도착했을 때, 나는 친척과 친구들을 위해 한 더미 사 온 커피콩 봉지를 딱 하나만 뜯었다. 동생이 추천한 과테말라 국립커피원의 그라인딩된 원두였다.

저절로 표정이 부드러워질 정도로 방순한 향이 감돌았다. 오랜만에 느끼는 아로마. 귀향길에 들른 멕시코시티 거리에서도, 휴스턴 공항에서도 스타벅스의 향기에 매료되었으나 간신히 자제하고 귀국 후의 한 잔을 기대했다.

나는 이사한 뒤로 꺼내지 않았던 드리퍼를 찾아 분쇄된 원두를 넣고 뜨거운 물을 부었다. 브랜드 이름은 당연히 안티과다.

여행 짐을 풀고 선물더미 안에 꼭꼭 감춰진 그들 땅의 냄새를 맡는 순간은 늘 견딜 수 없이 애달프다. 그러나 이 커피향에서는 그런 여행을 마친 감상이 전혀 느껴지지 않았다. 당연하다. 현지에서는 이런 냄새를 맡지 못했으니까.

그렇게 그리웠다면 과테말라에서도 선물 가게에서 파는 커피를 마셔보면 되었을 것이다. 하지만 도착하자마자 현지 금전 감각에 익숙해진 나는 그런 비싼 음료를 아무렇지 않게 마신다는 생각을 못했다.

내가 집에서 내린 커피는 꿈꾸던 맛과는 어딘가 달랐다. 단언컨대 맛이 없지 않았다. 그러나 내가 바란 커피와 조금 달랐다. 이미 그라인딩된 원두로 내려서 그런 걸까?

본가에 가서 어머니에게 "선물로 맛있는 커피를 내려드릴게요"라고 말하고 밀을 빌려 이번에는 커피콩 봉지를 뜯어 원두를 직접 갈아보았다. 당연하게도 직접 갈아서 내린 커피가 훨씬 향이 풍부했다. 그래도 내 성에는 차지 않았다.

다음으로 동생이 안티과의 유명한 농원에서 가져온 콩을 갈아보았다. 이 콩은 너무 새까맸고 로스팅이 강했다. 과테말라에 소재하는 일본 회사에서 받은 콩도 시험해봤는데 마찬가지였다. 진하고 노릇노릇 잘 로스팅된 쓴맛은 향이 좋았지만 뭔가 끝에 남는 감칠맛이 약간 부족했다.

어제오늘 커피를 경험한 주제에 참 건방진 말투기도 하지! 그래도 감히 말하자면, 과테말라 콩은 내게 로스팅이 너무 강하게 느껴졌다.

이렇게 선물이었던 콩 봉지는 친구 손에 넘어가기 전에 하나둘 내 손에 뜯기고 말았다. 정신을 차리고 보니 지금까지 눈길도 주지 않았던 커피 판매장 앞에 멈춰 서 있기도 했다. 무심코 커피 미니 지식을 알려주는 사이트를 검색하고 있기도 했다.

그러던 어느 날 선물 중에 우에우에테낭고산 커피와 만났고, 마침내 내가 바라던 맛과 가까운 맛을 발견했다. 여전히 로스팅은 강했지만 맛은 안티과의 것보다 산미가 있어서 내 취향이었다. 시큼함이 부족했던 모양이다. 여기에 약간의 감칠맛이 더해지면 내가 꿈꾸는 맛과 다시 만날 수 있다!

IP 전화를 걸어 보고하자, 동생은 드물게 놀란 목소리로 대답했다.

"호오, 아버지랑 같은 말을 하네!"

동생은 아버지의 부탁으로 커피원에서 나오는 과테말라 산지의 모든 커피를 사 온 적이 있다고 한다. 그랬더니 그다음부터 아버지는 꼭 집어서 "우에우에를 사 와라"라고 요구했다고 한다. 그렇다면 결국 내가 바란 것은 우리 마스터의 커피였다는 소리일까? 아무래도 먼 길을 돌아왔나 보다. 그리고 수수께끼는 차례차례 풀렸다.

딱 자기 취향의 맛인 과테말라 커피콩과 만난 아버지는 자기 혀에는 너무 진한 로스팅에 속을 태우다 못해 자가 배전에 발을 들였다. 동생에게 배전 전인 녹색의 생두를 들여오게 해서 집에서도, 때로는 밖에서도 향기 그윽한 커피를 내렸다.

실패가 이어져서 맛이 오묘한 커피만 마시던 시기도 있었다. 딱히 말없이 얻어먹기만 했던 나는 아버지가 그런 시행착오를 겪은 줄 몰랐다.

동생 이야기에 따르면, 아버지가 쓰던 컴퓨터 이력에는 내 이름과 전국 온천을 검색한 흔적과 함께 커피와 관련한 사이

ㅇ 갑자기 이유 없이 피부에 베인 듯한 상처가 생기는 것을 말한다.

트가 잔뜩 남아 있었다고 했다. 기분이 조금 그렇긴 한데, 나는 의식하지 못한 사이에 아버지가 걸은 커피 로드를 뒤쫓아 간 셈이다.

과테말라에서 돌아오고 얼마 지나지 않아 아버지의 두 번째 기일이 있었다. 모인 친척들에게 선물로 커피콩을 나눠주자, 자연히 아버지와 커피 이야기가 나왔다.

숙모가 입원했을 때, 아버지가 커피 세트를 들고 나타나 병실에서 커피를 내려 나눠주었다는 이야기. 여행을 갈 때도 늘 커피 세트를 지참해서 흔들리는 기차 안에서도 보온병에 담아 온 뜨거운 물로 커피를 내렸다는 이야기. 마스터의 커피는 예상 이상으로 많은 사람에게 전해졌나 보다. 그러나 우리 모녀는 아버지가 그런 훈훈한 이야기로 끝날 인물이 아님을 알고 있었다.

장례식을 마치고 바쁜 일이 마무리되어 처음으로 어머니와 둘이서 식사를 마치고 차를 마시던 저녁, 나는 아버지의 유품인 커피 세트를 꺼내, 보고 배운 대로 콩을 갈고 도구를 데워 열심히 커피를 내렸다. 그리고 둘이서 차분한 분위기로 컵에 입을 대려는 순간, 갑자기 카마이타치°처럼 어머니의 컵 손잡이가 뚝 부러진 것이다.

지옥처럼 뜨거운 커피는 순식간에 우리 모녀의 발로 쏟아졌다. 하마터면 큰 화상을 입을 뻔했다. 여름이라 옷도 얇았으니까 상처가 오래갔을 것이다. 튼튼한 도자기 컵이다. 떨어뜨리지도 않았는데 그런 일이 생길 수 있을까. 남은 가족을 지켜주기는커녕 자기를 빼고 커피를 즐기는 것이 분했나 보다.

"죽어서도 식탐이 대단한 사람이라니까."

모녀 둘이서 발을 식히며, 호박색 얼룩이 생긴 카펫을 보고 쓸쓸하게 웃었다. 그런 아버지는 지금 딱 1파운드 커피 팩 정도의 크기가 되어 안티과 동생의 집에 있다.

영양이 넘쳤는지 아버지는 유골함 하나에 담기지 못할 정도로 뼈를 남겼다. 우리는 뼈를 줍다가 예상치도 못하게 뼈를 나눠야 했다. 본체는 고향 땅으로 돌려보냈지만, 양이 적은 쪽은 둘 곳이 마땅치 않아 결국 남동생이 모시고 갔고, 아버지는 그토록 바라던 과테말라행을 이루었다. 아버지의 첫 외국 여행이다.

페트라 씨는 "일본과 달리 과테말라는 꽃이 아주 싸니까 항상 화려하게 장식할 수 있어요"라고 자랑하며, 매일 즐겁게 아버지에게 올리는 꽃을 바꾸고 있다.